愛しい婚約者が悪女だなんて馬鹿げてる！

下

～全てのフラグは俺が折る～

群青こちか

illustration 田中麦茶

It's ridiculous to think that
my beloved fiancée is a villainess!

結婚式まで一か月

「ではレイナード様、いってまいります」

「悪いなクロード、本当にすまない。ステラにはくれぐれもよろしく伝えておいてくれ」

「大丈夫だ」

「あとリリアナに……」

「はい、大丈夫でございます」

クロードは、深紅色の天鵞絨《ビロード》の箱を恭《うやうや》しく掲げ、にやりと笑って部屋を出て行った。

あの日、浴室から出てすぐ、夢の内容を話した。

ローリン地区の名前が出たことに、クロードは眉を顰《ひそ》めた。

続けて、思いついた案を話し、二人で何度も打ち合わせをした。

そして今日、決行の日がやって来た。

とはいえ、実行するのはクロードとステラだ。

ステラにはあらかじめ、今日フォルティス家へクロードが向かうこと。そして、その際に少し演技をしてほしいことを手紙で連絡している。

二人には面倒なことばかり頼んでいる。これから先、足を向けては寝られないな……。

9　結婚式まで一か月

窓から空を見あげる。薄曇りの日だ。

外では、クロードを乗せた馬車が裏門の前の道を通っていくところだった。

どうか、どうかうまくいきますように……。

これで全てを終わりにしたい。

ミレイアが何を考えているのか、全く見当がつかない。

だが、阻止さえ出来ればいい。

前回クッキーを受け取らなかったことで、俺のことなんてどうでもよくなっているかもしれない。手出しをしてこないならばそれでいい。

結婚式まであと一か月……。

窓から離れ、机の上に置かれている茜色《あかねいろ》の箱に目を落とした。

蓋を開けると、美しい蜻蛉《オニヤンマ》の胸飾り《ブローチ》が静かに輝いている。

早くリリアナに渡したい、彼女はいったいどんな顔をするだろう。

✤　フォルティス家　クロード

馬車の走る速度が、いつもより速く感じる。

ステラに面会をするだけだが、流石《さすが》に今日は緊張してしまう。

レイナードから聞いた夢の話は、いつもより大きな事件になりそうな内容だった。

これを防げれば、ミレイアも自分を諦めるのではないか、とレイは言っていた。

夢のことは、ほぼ信じてはいる……。

なんたってレイの耳の裏に浮き出た紋章、あれが全く説明がつかないことだ。

しかし、二度目の人生ではなく予知夢なのでは？　という気持ちがないわけではない。

まあどっちにしても俺は、あいつを手助けしてやりたい。

18年前、レイが生まれた三か月後に俺が生まれた。

レイの母親は産後の肥立ちが悪く、体調を崩して乳が出なくなっていたところに、ローデリック家とつながりのあった母が紹介され、レイの乳母となった。

一年ほどでレイの母親の体調も戻り、そのまま俺たちは兄弟のように過ごしていた。

ところが、俺が九歳になった時、父親の事業失敗により家が没落してしまった。

かろうじて屋敷の売却は免れたが、学校に通うのは難しい状況になっていた。

そこで支援をしてくれたのがローデリック家だ。

子供だったからわからないことも多い。それでも、我がグリタル家が相当に助けられたのは確かだった。

昔から、レイナードはとにかく真面目で、何事にも手を抜けない性格だった。

嘘《うそ》もつかない、というか嘘が下手なのですぐばれてしまう、馬鹿正直な男だ。

モテていたのに、初恋のリリアナに夢中で、浮いた噂《うわさ》一つない学生時代を送った。

学校を卒業すると同時に、レイから、ローデリック家の執事に推薦された。

もちろん、断る理由なんてなかった。

そんなレイが、ある日『人生をやり直している、前の人生では失敗をした』なんて真剣な顔をして言い始めた。

しかも創作にしては生々しく、ゾッとするような内容の夢ばかりだ。

特に、リリアナの妹ミレイアの誘惑は、とても真面目なレイが考えられるようなものではなかった。

俺もレイから夢の話を聞くようになって、一度ミレイアに会ったが、確かに不思議な魅力がある少女だった。

しかしなぜ、そこまでレイに執着するのか？

今まで接触はあまりなかったように思うが、一目惚れなんかもあるしそこはわからない。夢を考えると、極力関わり合いにならないほうがいいに決まっている……。

馬車が緩やかにカーブを曲がり、フォルティス家の門をくぐった。

屋敷へは、徒歩で向かう。

「やべ、緊張するー」

身だしなみを整えたあと、レイから預かった深紅の箱を持ち、馬車から降りた。

入口に向かって歩きながら、大きく深呼吸をする。

ステラによると、毎朝9時に配達物が届くので、朝は使用人口の近くに居るとのこと。

もちろん、ミレイア嬢の侍女であるハンナも一緒に……。

ハンナか、あの女は苦手だ、でも居てくれなきゃ困る。

裏門を抜け少し歩くと使用人口が見えてきた。

さてさて、行きますか。

最後にもう一度大きく息を吸い、使用人口の扉をノックした。

「失礼いたします。ローデリック家より、レイナード・ローデリック公爵の遣いで参りました」

「はい、お待ちしておりました。ただいま扉をお開けいたします」

ステラの声が扉の向こうから聞こえた、と思った瞬間、扉が開いた。

「いらっしゃいませ、クロード様！」

入口に張り付くようにステラが立っていた。

満面の笑顔だ。

「おっとステラ、驚いたよ」

「待ちきれなくて」

きっと先日の手紙を読んで、ステラも緊張しているのだろう。

少し困ったような表情が幼い頃を思い起こさせ、思わず頭をぽんっとしてしまう。

その時、ステラの後ろから咳払《せきばら》いが聞こえた。

慌ててステラが一歩後ろに下がると、そこにはハンナが立っていた。

他の使用人たちも、落ち着かない様子でこちらを窺《うかが》っている。

その向こうでは、執事長のブラッツが、食事を載せたワゴンを運びながら通り過ぎた。

軽く会釈を交わし、ステラに案内されながら使用人の待機室へと入る。

レイナードからステラに宛てた手紙は『クロードが届ける胸飾《ブローチ》りの噂《うわさ》をしておいてくれ』という内容だった。

使用人たちの態度を見ると、十分すぎるほど噂話《うわさばなし》をしたのが感じられる。

さて、ここからだ。

ステラと目を合わせる。

それに気づいたステラは、大きな目でゆっくりと瞬《まばた》きをして頷《うなず》いた。

「クロード様、その箱は……？」

「こちらは、フォルティス侯爵令嬢リリアナ様への贈り物でございます」

「まあ、なんて素敵な箱なんでしょう！」

ステラは差し出した箱を受け取りながら、少し上に掲げた。

深紅の天鵞絨《ビロード》に派手な金の装飾、金糸の房が揺れている。

正直趣味が悪いが、一見して高いものというのはわかるはずだ。

「クロード様、この箱の中に、お嬢様のために特別に作られたという胸飾り《ブローチ》が入っているのですよね？」

ステラは瞳をキラキラさせながら、箱が使用人たちに見えるように持ち直した。

「ああ、レイナード様が特別に注文した一点ものだそうだ。素晴らしい出来だから皆に見てもらいたいと言っていたよ」

「まあ、本当ですか？」

「レイナード様も自慢したいのであろう。もしよかったら……見てみるかい？」

俺のその言葉に、その場にいた使用人たちが一斉に息を呑《の》むのがわかった。

やはり、女性たちには気になるものだ。

特に公爵家からの品となると、興味がわくのは仕方ない。

ステラは何度も頷《うなず》き、周りの使用人たちも頷いていた。

「では皆さん、レイナード様からの許可もいただいておりますので、お見せいたしましょう」

ポケットから絹のハンカチを取り出し、大袈裟《おおげさ》にテーブルの上に広げた。

「ステラ、その天鵞絨《ビロード》の箱をここへ」

ステラは頷き、震える手でそうっと箱を置く。

皆が箱に注目したところで手袋を着け、趣味の悪い箱の蓋をもったいぶらずにパカッと開いた。

「まぁ……」

周りから、ため息とも感嘆とも言えない、声にならない声が上がっている。

中に入っていたのは、蝶《ちょう》をかたどった胸飾り《ブローチ》。

キャンディのようなピンク色の大きな石、その周りに赤や透明な小さな石がぎっしりはめ込まれ、金の蔦《つた》が縁取られている。

全てがギラギラと輝いているが、一応蝶の形をしているようだ。

人によってはこれを美しいと感じるのかもしれない。俺からすると、成金趣味にしか思えない。そして絶対にリリアナ嬢には似合わない。

ここにいる全員がギラギラに目を見張る中、箱から胸飾り《ブローチ》を取り出して裏返す。

「裏面に彫られている文字が、レイナード様からリリアナ様にあてた愛の言葉だそうです。古代文字で刻まれており、大変美しいですね」

周りで聞いていた使用人たちは、口々に何か言い合い、ため息をついてうっとりとした表情をしている。

正面で見ていたステラは、目を凝らして必死で文字を読み取ろうとしていた。

古代文字は、貴族以外は必修ではないので、読める者は限られている。

しかし、ステラなら読めてしまう可能性がある……。

遠巻きに見ていたハンナも、いつのまにか輪に入り、特に興味なさげな表情をしながらも、身体《からだ》を乗り出して、胸飾《ブローチ》りを覗《のぞ》き込んでいた。

よしよし、いい感じだ。

この胸飾りは、一昨日レイナードと一緒に街の宝飾店へ出向き『一番華やかで妙齢の女性が好みそうな物を』と、見繕ってもらったものだ。

あまりの派手さにレイは嫌な顔をしたが、その場にいた貴族の令嬢たちが可愛《かわい》いと言っていたのでこれに決めた。天鵞絨《ビロード》の箱も、その店で一番派手なものを選んだ。

皆の反応を見ているとこれで正解だ、とりあえず胸を撫《な》でおろす。

さて、ハンナも胸飾りを確認したようだし、この辺りでいいか。

「では、こちらはもう箱に収めさせていた……」

「あら、こんな早くから皆さんどうなさったの？」

突然後ろから、花のような香りとともに声が聞こえてきた。

慌ててハンナが声のほうへと向かう。

振り返ると、待機室の入口から少し下がった場所にミレイアが立っていた。

「これはミレイア様、早朝から失礼しております」

胸飾りを箱に戻し、宝石箱の蓋をしっかりと閉めて深々と頭を下げた。

「まあ、レイナードおにいさまのところのハンサムな執事さん。いらっしゃってたのね」

ミレイアは可愛くお辞儀をした。

しかし、入口から中には入ってこない。

その横でハンナが、何か耳打ちをしている。

「まあ、お姉さまへ贈り物を届けにいらっしゃったの？」

ミレイアは小首を傾《かし》げて、不思議そうな顔で俺をじっと見つめた。

正直めちゃくちゃ可愛い。が、レイナードの夢を思い出すと、ゾッとするくらい嫌な女だ。

この様子だと、こちらの待機室には絶対に入ってこないだろう。

プライドが高すぎて、自分の口から贈り物を見たいなんて言わないはずだ。

もちろん俺は絶対に見せないよ、ミレイア嬢。

「はい、リリアナ様へ婚約祝いの胸飾りを届けに参りました。しかしながら、もう用事は終わりましたので、これにて失礼させていただきます」

もう一度頭を下げ、机の上の天鵞絨の箱をステラに渡し、絹の布をたたんでポケットにしまった。

周りにいた使用人たちは、急いで自分の仕事に戻っていく。

箱を持ったステラだけが、ぽつんと机の横に残された。

「ではステラ、もう戻るよ。そうそう、こちらの手紙をリリアナ様に。そしてこれは君あてだ」

二通の手紙を箱の下に差し込んだ。

「はい、わかりました。ありがとうございます」

ステラは笑顔を見せ、軽く一礼をして向きを変えると、小走りで別館へと戻っていった。

待機室には誰もいなくなった。

さっきまであんなに盛り上がっていたとは思えないくらい、しんと静まり返っている。

入口では、またハンナからミレイアが話を聞いていた。

華やかな笑顔が、苦虫を嚙《か》み潰したような表情に変わっていく。

きっと、あの派手な胸飾り《ブローチ》の詳細でも聞いたのだろう。確かにあれは、彼女がとても気に入りそうだ……。

「ではミレイア様、私もこれで失礼いたします」

会釈をして待機室から出ようとすると、ミレイアが軽く手招きをした。

既に表情は笑顔に戻っている。

「ハンサムな執事さん、クロードさんでしたっけ？　もう帰られるの？」

「はい。名前を憶《おぼ》えていただき光栄でございます」

「もう、そんな堅苦しいこと言わないでえ。少しお話ししましょ？」

ミレイアは口元の笑みを絶やさず、ギリギリ触れるか触れないかくらいの距離まで身体《からだ》を近づけてきた。

レイナードも言っていたが、ドレスの胸元が開きすぎだ。

普段からこんなに露出度が高いのかこの娘は。

それに、まだ十五歳だというのに、むせかえるような色気を出してくる……。

息苦しさに耐えられず、一歩下がって頭を下げた。

「次期王太子妃候補と噂《うわさ》されているミレイア様とお話しだなんて、とんでもないことでございます」

「あらまあ。そんな噂がもうそちらまで……」

王太子の名前を出した途端、一瞬にして笑顔が曇り、ミレイアは目を伏せた。

少し考えるような表情をしたあと、また口を開く。

「クロード様は、王太子殿下のお姿を見たことはありますかぁ？」

「そうですね、六歳になられた時に拝したきりですね。最近のお姿は残念ながら……」

「そうなんですかぁ」

そう言ってミレイアは、俺の顔を見上げるように顔を近づけてきた。

突然のことに、心臓が跳ねる。

これが、夢のレイナードが落ちてしまったやつか……。

まあ驚くほど可愛《かわい》いが、年齢の割には付けている香水がきつすぎる。

「ミレイア、先月の太陽煌祭でお姿を拝したんですけどお……」

そこまで言って周りをきょろきょろと見渡し、更に顔を近づけて小さな声で囁《ささや》いた。

「小太りで背も低くて間抜けな顔をしてましたわ。豪華な衣装が浮いてました」

「な、ミレイア様」

「ふふふ、だから王太子妃にはなりたくないわ。クロード様が王太子さまならよかったのに」

ミレイアはくるっと向きを変え、こちらの瞳をじっと見つめながらにっこりと微笑《ほほえ》んだ。

ああ……これは、無理だなレイナード。

真面目な男には手に負えない強者《つわもの》だ。

自分の容姿に自信があり、誰にも否定されないこともわかっている。

今までそう育ってきているから、悪いことだなんて思ってもいない。

レイナードから夢の話を聞いた時、あの誠実な男が婚約者の妹に心を移すなんてありえないと思っていたが、この儚《はかな》げな美貌と距離の近さ、そしてまだ十五歳という幼さ。翻弄されるのは仕方がないと、少し同情をしてしまう。

「クロード様……？」

あぶない、余計なことを考えていた。

気づくと、ミレイアは瞬《まばた》きもせず、真っ青な瞳をこちらに向けていた。

これは子供だと思ってはいけない、完全に悪女だ。

「これは失礼いたしました。ミレイアお嬢さまが大変お美しいので言葉を失っておりました」

頭を下げながら、後ろに下がりミレイアと距離を取る。

もうこの勢いで帰ってしまおう。

「それでは、私はこれで失礼いたします」

このまま長居をしても何もいいことはない。

それになぜだか気分が悪い、胸がつかえる。

胸飾り《ブローチ》を持つために着けた手袋をはずし、ポケットに入れて再度頭を下げた。

「そう残念ね。レイナードおにいさまによろしく伝えてくださいねえ」

ミレイアは、言い終わると同時にドレスの裾を翻《ひるがえ》し、広間のほうへと歩いて行ってしまった。

ハンナも慌てて後ろをついていく。

こちらが取り残されたような気持ちになり、乾いた笑いが出た。

辺りには花の香りが残っていた。

クロードの帰宅

薄曇りの空の隙間から、日差しがこぼれてきた。

気づけば外ばかり見ている。

仕事をしていても、道を通る馬車が気になって仕方がない。

もうすぐ午後になる。

クロードはうまくやれただろうか……。

二階の窓から外を見ていると、門の前を一台の馬車が通りすぎるのが見えた。

あの黒い車体は当家《うち》の馬車だ、帰ってきた！

部屋から飛び出しそうになるのを我慢して、机に座る。

クロードのことだ、戻ったらすぐに報告に来るはず……。

――二十分後

「遅い！」

クロードは何をやってるんだ。

門から屋敷までこんなに時間がかかるはずがない。

誰かに呼び止められているのか？　あいつの性格ならすぐ部屋に来てくれるはずなのに。

もう待ちきれない、執務室に行こう！

机の上の書類を片付け、鏡の前で襟を直したその時、部屋をノックする音が響いた。

思わず扉に駆け寄る。

「レイナード様失礼いたします。ただい……」

「クロード!!」

扉を開け放つと、クロードが運んできたワゴンにぶつかった。

「あっ、ごめん」

「大丈夫ですかレイナード様。えーっと中に入りたいのですが」

こちらから扉を開いたせいで、ワゴンを押し出していることに気づく。

「ごめん」

「謝りすぎだ」

クロードは笑いながら、ワゴンを部屋に運び込んだ。

同時に、香ばしい匂いが辺りに立ち込める。

ワゴンの上には、温かいスープと色とりどりのフルーツ。大きな籠には、焼き立てのパンが盛られていた。

どれもよい香りだ。急に腹がぎゅうっと押される感じがした。

そういえば朝から何も食べていなかった。

しかも、驚くほどお腹《なか》がすいていることに今気づく。

「どうせ俺が出て行ってから、なにも食べてないと思ってさ。食べながら報告を聞いてくれよ」

我が家の優秀な執事はなんでもお見通しだ。

クロードがポケットから手袋を取り出した時、微《かす》かな花の香りが鼻を掠《かす》めた。

この香りは……！

「ミレイアに、会ったのか？」

恐る恐る問いかけると、クロードはゆっくりと頷《うなず》いた。

「まあ、その話も今からするよ。そうそう、このパンはステラが教えてくれた店のもので、リリアナ嬢のお気に入りだそうだ。寄り道して買ってきたんだ、早く食べろ」

パリッとした艶《つや》のあるパンの表面から、小麦とバターの香りが漂っている。

まだ少し温かいパンを手に取って口に運ぶ。

さっくりとした歯ごたえと少し塩気のきいた味に頬がきゅっとなる。

美味《おい》しさに感動していると、クロードは満足そうに頷き、フォルティス家での出来事を話し始めた。

まず、フォルティス家に到着した時、ステラが事前に噂《うわさ》してくれていたおかげで、ほどんどの侍女たちが集まっていたとのこと。

もちろん、あのハンナも見に来ていた。よし成功だ。

今回の作戦は、侍女たちに見せることではなく、ハンナに見せることが目的であった。

それでも、クロードと一緒に選んだあの胸飾り《ブローチ》は好評だったようで。その場は思っていた以上に盛り上がったらしい。

その後、雑談をしながら、もう帰ろうかと思っていたところ、突然ミレイアが現れたという。

あれには驚いたよ、とクロードは続ける。

触れられこそしなかったが、異常に距離が近く、意図的とは言えないが露出度の高いドレスを着ていたそうだ。

しかも、自分が王太子妃候補であるのを否定し、王太子の容姿を貶《けな》していたと……。

ミレイアは、あの年齢の女の子と思えないほど常に着飾っている。

貴族のパーティに出席する時に、いつも最新のドレスを着ているのは社交界では有名な話だ。香水や化粧はもちろんのこと、宝飾品も必ず着けている。

そんな華やかな生活を好む彼女のことだから、王太子妃候補になるのは乗り気だと思っていたのに……。

頭を抱える俺の目の前に、クロードが果物を差し出してきた。

「レイ、口が止まってるぞ、聞きながら食べろよ。俺も食べるからな」

そう言って目の前に座り、パンを一つ口に入れた。

「うん、これはうまい！　まあ心配することはないよ、予想以上にうまくいったと思う。あのふたりには間違いなく特別な胸飾り《ブローチ》だと印象付けられたはずだ」

満足そうに頷《うなず》きながらスープに口をつけ、ナプキンで口を拭った。

そして胸ポケットから一通の封書を取り出す。

「これは、ステラからここ最近の報告。読もうか？」

「ああ頼む」

クロードはお茶を一口飲み、手紙を開封した。

クロード様
リリアナお嬢様のお世話をするようになって二か月。
最近になって、フォルティス侯爵夫人の姿をお見かけするようになりました。
ご挨拶《あいさつ》に伺おうとしたところ、ブラッツさんに止められたので挨拶はしておりません。
先日、侯爵夫人が、ご友人と思われる女性を屋敷に連れてこられたのですが
なぜか、リリアナお嬢様と同じ髪色、同じ髪型、服装まで似ていました。
一瞬、お嬢様がお戻りになられたのかと思うくらいでした。
ご親戚の方かもしれませんが、裏口から出入りしていたようです。
お顔もお名前もわからないままですが

少し気になりましたので、ここにご報告しておきます。
あと、これは困っていることなのですが……
ミレイアお嬢様から、やたらとプレゼントをいただきます。
ハンカチ、ペン、手袋、カチューシャ、香水と、きりがありません。
断ると機嫌が悪くなるので、仕方なく受け取っています。
リリアナお嬢様が結婚式で着られるドレスや宝飾品が気になるようで、
会うたびに聞かれて、ちょっとうんざりしています。
そうそう！　ドレスと言えば、なぜかミレイアお嬢様が
ドレスを準備している様子が見受けられません！
パーティの前は、仕立屋や宝飾店の出入りが多いのですが
今回は全く来ていないんです。
どこかでドレスを注文なさったという話も聞かないので、とても不可解です。
だって、自分の姉が結婚するんですよ？
今まで着たドレスを使い回すなんてありえないです。
このことは、本館の侍女たちの間でも大きな噂《うわさ》になっています。
あと、あの蝶《ちょう》の胸飾りの件ですが
お手紙に書いてあったようにすればいいのですよね？

本日リリアナお嬢様に確認していただいたあとに
ブラッツさんに頼んで本館で保管していただく話になっています。
任せておいてください！　もう了承は得ています。
なので、この件はご安心くださいませ。
さて、リリアナお嬢様ですが、お変わりなく日々研究にいそしんでおられます。
結婚式が近いせいか、何かを考えているような姿が増えたように感じます。
私は、お嬢様から小さな鉢植えをいただきました。
聡明《そうめい》なうえにお優しくて、本当に素敵で可愛《かわい》いお方です。
もう、結婚式が楽しみで仕方ありません。
明日が結婚式当日ならいいのに！　と毎日思いながら過ごしています。
では、報告は以上です。
なにかありましたら、またすぐに連絡いたします。

ステラ

「ふぅ」
クロードはステラの手紙を読み上げたあと、眼鏡をテーブルの上に置き、少し冷めてしまったお茶を飲み干した。

「気になる点が多すぎるんだが……」

「確かに、読んでいて、おや？　と思う箇所がいくつかあった」

「だよな」

顔を見合わせ、二人でもう一度手紙に目を落とす。

まず、この侯爵夫人が連れていたという女は誰なんだ？

偶然とはいえ、背格好や髪の色までリリアナに似ているなんて気持ち悪すぎる。

それに加え、ミレイアがドレスを用意していないことも引っかかる。

結婚式が行われないとでも思っているのか……。

死んでしまう夢を見たあの日から、いったい何度、自分の過去を見ただろう。

そこに出てくる馬鹿な俺は、ミレイアの策略にハマり、まんまと婚約を破棄した……。

しかし今はどうだ、どう考えてもミレイアに付け入る隙を与えていない。

ミレイア本人だって、俺が自分に気がないことはもうわかっているはずだ。

彼女からの好意も、うわべだけのようにしか感じない。

それでもまだ、婚約破棄させようと考えているのだろうか？

これから先、この状況をひっくり返すくらいの計画が存在していて、それがあの胸飾り《ブローチ》と関係するとしたら……。

クロードも首を傾《かし》げ、テーブルの上の果物に手を伸ばした。

爽やかな蜜林檎《みつりんご》の香りが、辺りに広がる。

「それにしても、見た目だけは天使のお嬢さんは一体なにを考えてるんだろうな」

「天使どころか、最近は名前を思い出すだけでも寒気がするようになってるよ」

俺の言葉を聞いて、クロードは眉を下げて笑っている。

「レイにとっては悪魔か。しかし、そんな恐ろしいお嬢さんでもあの金髪は見事だ、皮肉なことにまさに天使のようだよ。侯爵夫人が北のスナッグ地方出身なんだっけ?」

そうだ、現侯爵夫人であるミレイアの母親はこの国出身ではない。

我々が住むナール国と、隣接するテント国との間には二つの山があり、その地域一帯がスナッグ地方と呼ばれている。侯爵夫人はそこの出身だ。

その地域の者は、色彩の違いはあれど、必ず金髪に青い瞳を持っている。

他国の者と婚姻をしても、生まれる子供にはその二つが引き継がれるという。

「確か、リリアナの母親が亡くなってから一年後に、フォルティス侯爵が仕事を開始したんだ。最初に一番遠方となるスナッグ地方へ行ったと思ったら、突然ひとりの女性を連れて帰ったとか……」

「それがいまの侯爵夫人か……なんだか急すぎる話だな」

「ああ、俺たちは子供すぎて知らなかったけど、社交界は騒然としたそうだよ」

クロードはうんうんと頷《うなず》きながら、また蜜林檎を口に運ぶ。

「俺がはじめて夫人に会ったのは、10年以上前のリリアナの誕生会。でも、夫人の金髪はあまり印象に残っていない。ただ派手なドレスの人としか……」

話しながら、あの誕生会を思い出す。

そういえば、周りの大人たちが、侯爵夫人の噂話《うわさばなし》をしていたような気がする。

既にリリアナに夢中になっていたのではっきり思い出せないが、何か引っかかる。

妻の死を一年も悲しんだ男が、仕事を再開してすぐに、なぜ女性を連れて帰ってきたのだろうか？

一目ぼれだって有りうるから、好きになってしまったら仕方がない。

それにしても、あまりに早すぎる決断だ。

しばらく考え込んでいると、クロードが肩をぽんぽんと叩《たた》いた。

「なんだ？」と言いながら顔を上げたと同時に、果物を口にほうりこまれた。

「レイ、これ食べてみろ。今年の蜜林檎は素晴らしく出来がいい」

クロードに言われるがまま、蜜林檎を噛《か》みしめる。爽やかな酸味と、溢《あふ》れんばかりの果汁が口の中に広がった。本当だ、今年は例年以上に出来が良い。

「これはスネイヴのベクターから送られてきた物か」

「ああ、この出来で豊作だそうだ、よかったなレイ。そういえば、さっき話してたスナッグ地

方だけど、うちの領地から一つ目の山向こうの果樹園が荒れ地のようになっているとベクターさんが言ってたな」

「荒れ地か。あの辺りは寒いからこそ上質な果実が採れるというのに、管理を任せている者に問題があるのでは……」

と、言いかけてふと思う。

スナッグ地方に領地を持っているのは、フォルティス家だけではなかったか？

クロードは俺の顔を見て察したのか、胸ポケットから手帳を取り出しパラパラと捲《めく》った。

「えーっと、スナッグ地方の領主はフォルティス侯爵、そして郡代《ぐんだい》はサフィロ子爵家。ミレイアの母親、現フォルティス侯爵夫人の生家とある。しかも、子爵はずっと病に臥《ふ》せっているらしい、マジか」

「病だと？　荒れ地になるくらいの長い期間、土地に手をつけられないとは余程のことだ。それより、そんなに領地を放っておくのはおかしくないか？」

「そうだよな、他の者に任せるか手伝わせればいい」

「……」

荒れ果てた土地。

そこは、フォルティス侯爵の領地であり、侯爵の現在の妻の生家がある場所……。

クロードによると、サフィロ子爵家とフォルティス侯爵家は、夫人が生まれる前から交友があったそうだ。

そんな信頼関係が深い両家、しかも、義理ではあるが親子の関係になっている。

では、なぜ管理する土地が荒れたままなのだろう。

病に臥《ふ》せっている義理の父親を、フォルティス侯爵は放っておくような男なのか……。

「んーーーーー」

「どうしたレイ。腹でも痛いのか？」

「違う、子供みたいに言うなよ。んーーー……」

何かが引っかかる。

フォルティス侯爵と夫人が結婚して、ミレイアが生まれたのはいつだ？

リリアナの母親である前夫人の喪が明けたばかりでの再婚。

二人は結婚式を挙げていない。

夫人が内々で済ませたいと希望したのだと、婚約の食事会でフォルティス侯爵が言っていた。

「……」

こんなことを気にしても仕方ないのか？

でも気になってしまう、確かめたくてたまらない。

フォルティス侯爵が、あの広大な土地を放っておくのがおかしすぎる。

そして、ミレイアの母親である現フォルティス侯爵夫人、彼女の来《こ》し方《かた》が気になるのだ。

俺は今、人生をやり直している。

これは不甲斐《ふがい》ない俺を哀れに思った神様が、与えてくれた贈り物だと思っている。

普通なら、死ぬ前に人生を後悔したとしてもやり直すなんてことは出来ない。

そう、俺は信じられないくらい幸運なんだ。

だから、そんな幸運な俺が気になるということは、きっと必要なことに違いない。

今までだってそうだった。

確かめるために行動するのは間違いないはずだ。

「よし決めたぞクロード！　明日以降の予定はどうなってる？」

「なんだよ突然」

クロードは、飲んでいたカップをテーブルに置き、慌てて手帳を捲《めく》る。

「えーっとそうだな、今週末までは特に出かける仕事はないな。明日、招待客の最終確認があるくらいだ」

「そうか、ありがとう。食事が終わってから、スネイヴのベクターに三日後訪問すると連絡してほしい。蜜林檎《みつりんご》について報酬を考えている。あと、スナッグ地方のサフィロ子爵にも、三日後挨拶《あいさつ》に伺いたいと手紙を送ってくれないか」

「サフィロ子爵に？」

「うん、そうだ。義理とはいえ婚約者の母親の実家、挨拶に行ってもおかしくないだろ？」

「まあそうだな。だが、急なうえに子爵も病気だ、面会は無理かもしれないぞ」

「うん、それでも送るだけ頼むよ」

「了解」

クロードは手帳を閉じ、パンとフルーツを一つの皿に盛り付け直した。

そしてティーポットから新しいお茶を注ぎ、テーブルの上をあっという間に片付けた。

「そんなに急がなくていいのに」

「大丈夫俺はもう腹いっぱいだ。お前の分は置いておくからしっかり食べろよ」

片付けた食器をワゴンに載せ、「またあとでな」と言いながら、クロードは部屋を出て行った。

クロードも、朝早くからフォルティス家に出向いて相当疲れているだろう。

結婚式までもう一か月もない。こんなに頼りっぱなしではいけない。

行動できる範囲は自分で動くんだ。

さて、サフィロ子爵……会えるだろうか。

荒れ果てた土地

✤　三日後　スネイヴ

スネイヴは遠い。

馬で駆けても一日、馬車だと一日以上かかる場所にある。

ローデリック家の領地であるスネイヴには、数か月に一度くらいしか来ることが出来ないが、その間はベクター男爵に管理を任せている。

父からここを任されてまだ少しだが、大変信用できる存在だ。

食事会のあと、別荘で一休みしてからサフィロ子爵の屋敷へ向かう。

なんと、面会の約束がとれたのだ。

ベクターの話によると、サフィロ家の果樹園の様子がおかしくなったのは、もう10年以上も前かららしい。

子爵が病に臥《ふ》せっているというが、それがいつからなのかは誰も知らないと言っていた。

果樹園が稼働しなくなってからと考えると、10年は経《た》っている……。

それが本当なら、フォルティス侯爵が自分の妻の父親である子爵をないがしろにしているということになってしまう。

あの侯爵が、そんな人物とは考えにくい……。

しかし、サフィロ家の状態がそこまで悪いとなれば、今からの訪問が不安でたまらない。

結婚の挨拶《あいさつ》とはいえ、よく受け入れてくれたものだ。

現フォルティス夫人のことを聞き出すつもりだったが、その前にフォルティス侯爵のことを聞かなくては話が始まらないのではないか……。

それにまず、子爵に会えるとはかぎらない。

長患いするような病気とは、何なのだろう……少し気が重くなってきた。

悩んでいても時間が過ぎるだけだ。それに、今日は自分一人しかいない。

「よし、行くか」

ベクターに別れを告げ、スナッグ地方へ向けて馬車を走らせた。

ここから約二時間ほどの道のり。

それだけの距離でも、ぐっと気温が低くなる。

辺りの風景も木々ばかりになってくるが、この寒さの中でこそ育つ果実もあるのだ。

山を一つ越え、広大な土地が目の前に広がった。

これは、何なんだ……聞いていた以上にひどい。

果樹園があったであろう土地はまばらにしか樹《き》が見当たらず、かろうじて生えている樹木も生きているのか枯れているのかわからない。

働いている人の姿は、全く見えない。

寒々しい光景が広がる地域を抜けると、サフィロ子爵の屋敷が見えてきた。

建物にこんなことを思うのはおかしいかもしれないが、まるで生気がない。

既に門は開かれていた。

屋敷の入口に一人の女性と老年の執事のような男が立っている姿が見える。

「ようこそいらっしゃいました。ローデリック公爵様」

馬車を降りてすぐに、地味な色のドレスを着た女性が頭を下げた。

カーテシーの所作がとても美しい。

きっとこの人がサフィロ子爵夫人だろう。

横にいた執事は馬車に駆け寄り、御者に馬車庫の案内をしている。

「はじめましてサフィロ子爵夫人。突然の訪問をお受けいただき、そして出迎えまでしていただき大変ありがとうございます」

「こちらこそ、わざわざこんな遠い地までお越しいただき恐縮にございます。さあ、中に入ってくださいませ」

子爵夫人がくるりと向きを変えると、馬車から戻ってきた執事が玄関扉を開けた。

屋敷の中はとても殺風景だった。

掃除は行き届いているが、明らかに貧困が見て取れる。やはりこの状況は普通ではない。

客間に通され席に着くと、夫人が口を開いた。

「申し訳ございません。本来ならば主人であるフィン・サフィロが挨拶《あいさつ》をしなくてはならないのですが、長年病に臥《ふ》せっておりまして……」

「大丈夫です。私こそ突然の訪問の連絡、ご無礼をお許しください」

「とんでもございませんわ、わたくしどもにまでご結婚のご連絡をいただけるなんて大変嬉《うれ》しく思っております」

そう言って弱弱しく笑うサフィロ夫人は、凛《りん》とした姿勢に上品なしぐさ、とても美しい人だがとにかく疲れて見えた。

俺の母親の年齢とさほど違わないだろう。

それなのに、輝くような金髪に艶《つや》はなく、化粧もほとんどしていない……。

あ、そういえば、持ってきたものをまだ渡していない。こういうことは、いつもクロードに任せていたのがよくわかる。

「サフィロ夫人、こちらはフォルティス家との結婚の記念に作った品です。よろしければ受け取ってください」

両家の家紋が入った金細工の置物と、年代物の果実酒を子爵夫人に手渡した。

「まあ！　なんて素敵な細工。我が国の伝統ですものね。わたくしも作りました、懐かし……」

夫人は一瞬笑顔を見せたが、すぐにまた沈み込んだような表情に変わってしまった。

そのまま、目を逸《そ》らすように果実酒を見つめ、一段と表情が暗くなる。

酒は好まないのか、そういう資料はなかったはずだが……？

埋められないほどの沈黙が続き、どう話を切り出そうか考えていると、部屋の扉をノックする音が聞こえた。

「失礼いたします。お茶をお持ちいたしました」

先程と同じ執事がお茶を運んできた。

この屋敷はとても静かだ。

もしかしたら使用人はこの執事しかいないのかもしれない。

そんなことを考える俺の心を見透かしたかのように、夫人が話し始めた。

「申し訳ございません。ただいま当屋敷には使用人がひとりしかおりませんの」

「いえ、そんな大丈夫です。あの、突然立ち入ったお話で失礼しますが、果樹園の状態が悪いようですね、なにかあったのですか？」

ここに来る道のりで見てきた、寒々しい景色が目の前に浮かぶ。

「隠しても仕方ありませんものね、あの荒れた状態はもう10年以上になります」

「なにか樹木や土地に問題でも？　私の領地の者たちも大変気にしておりました」

「いえ、主人が仕事が出来なくて、ただ……それだけなんです」

言葉の最後、少し声がかすれて聞こえた。

やはり10年以上なのか……。

サフィロ子爵が働けなくなったのなら、領主であるフォルティス侯爵がなんとかするべきだろう。侯爵には何度か会ったが、おおらかで人柄がよく、豪気というように見て取れた。

『気になることがあると放っておけない性格だから領地をとび回っているのよ』と、リリアナからも聞いていたのに、これはおかしいじゃないか。

「フォルティス侯爵は来られていないのですか?」

一瞬、夫人の顔が歪《ゆが》んだような気がした。

口をきゅっと横に結び、どう言葉を出そうか迷っているように見える。

お茶を出す執事の手が止まり、ティーカップがカチャンっと小さな音を立てた。

「大変失礼いたしました」

老齢の執事は深々と頭を下げ、テーブルにお茶の用意をし終えると、「何かございましたらお呼びください」と夫人に告げて、部屋から出て行った。

執事が出て行くと同時に、夫人が囁《ささや》くような声で切り出した。

「フォルティス侯爵は、ジュリアを連れて行ってから、一度もこの地を訪れていません」

「ジュリア?」

「今の、フォルティス侯爵夫人です……」

ミレイアの母親はジュリアという名前なのか。

それにフォルティス侯爵が、一度もこの地を訪れていないだと？

想像していた中で、一番最悪のパターンだ。

俺が余程驚いた顔をしていたのか、夫人は慌てたように頭を下げた。

「申し訳ございません、ローデリック公爵。本来ならば、今日訪問されることをお受けするべきではなかった……それなのに、わたくしったらなんてことを……」

声が震えている。

顔は見えないが、間違いなく夫人は泣いている。

ポケットからハンカチを取り出し、肩を震わせている夫人に差し出した。

「サフィロ子爵夫人、私の訪問を受けるべきではなかったなど悲しいことを言わないでください。血のつながりがないとはいえ、私の妻となるリリアナの継母《ははおや》、そのご両親であるサフィロ子爵家とはこれから親族になるわけです。ご挨拶《あいさつ》が出来て光栄に思っています。もし、私が力になれることがあれば……」

「親族だなんて……とんでもございません。本当にわたくしったら、なぜ……」

夫人の声が更に弱弱しくなる。

こちらを見つめる顔は真っ白になり、完全に血の気《け》が引いていた。

言葉も続かず、呼吸が上がっていると感じた瞬間、頭がぐらりと揺れた。

慌てて椅子から立ち上がり、夫人の身体《からだ》を支える。

「誰か！　夫人が倒れた、早く来てくれ！」

✧✧✧

サフィロ夫人はソファに横たわっている。

さっきは過呼吸の発作を起こしたようだ。

慌てて駆け付けた執事と一緒にソファに運んだが、症状は治まったものの、夫人はそのまま眠ってしまった。

執事はサフィロ夫人の傍《かたわ》らに立ち、椅子に座る俺に向かって全く姿勢を崩さない。

しかし、執事にも疲労の色が見える。

「えっと執事さん。何とお呼びすればいいかな？」

「大変失礼いたしましたローデリック公爵。私のことはヴィルとお呼びください」

「ありがとう。さてヴィル、君はこの家をどう思っている？」

突然の質問にヴィルはほんの少し眉間をしかめ、答えが出ないのか二人で見つめあう形になってしまった。

「ああすまない、変な意味ではないんだ。私のことはサフィロ夫人から聞いているだろう。あと一か月あまりでこちらとは親族関係となる」

「はい、伺っております」

ヴィルはそう言って頭を深々と下げた。

夫人もそうだが、この執事もとても姿勢が美しい。サフィロ家は良い家柄のようだ。

「ここから二時間程度離れたスネイヴ、あそこはローデリック家の領地だ。この地域と同じで果実を主に作っている。そうだ今年の蜜林檎《みつりんご》は食べたかい？　とても良い出来だよ」

「残念ながらまだ食しておりません」

「そうか、じゃあ明日届けさせよう。滋養にもいいから……と、同じ果樹を作っているのに説明なんて失礼な話だな、すまない」

「ありがとうございます」

今度はヴィルが俯《うつむ》いてしまった。

夫人もヴィルも人柄が良いのだろう、こちらまでつらくなってきた。

しかし、ここは聞かなければ。

「ヴィル、君はこの屋敷に来て長いのかい？」

「はい、子爵が十八歳の時に、私も十八歳でここに参りました。もう30年以上も前の話になります」

「子爵と同じ年齢なのか、素晴らしい。私にも同じ年齢の執事がいるんだ。学校も一緒でこのまま彼と一緒に30年以上も過ごせたらと考えると……ああ、きっと幸せだよ」

「……はい」

ヴィルは一向に顔を上げない。

俺は椅子から立ち上がり、ヴィルに近づき手を取った。

「ヴィル、はじめて来たうえに失礼を承知で言わせてもらうが、この家にはおかしなことが多いように感じる。若い頃から子爵に仕えている君ならわかっているはずだ。夫人との結婚、そして子供が生まれ、もっと華やかな生活だっただろう。現在、子爵が病に臥《ふ》せっていることとフォルティス家は、なにか関係があるのか？」

ヴィルは、目を合わさないまま唇を震わせている。

摑《つか》んだ手にも全く力が入っていない。

今にもすり抜けそうな手を握り直し、話をつづけた。

「私は親戚になるからというだけでなく、サフィロ家の力になりたいと思っている。この広大な土地をこのまま放っておくなんておかしいじゃないか。子爵が病に臥せっているという話だが、明らかに夫人も体調が悪そうだ。このままでは絶対によくない」

ヴィルは黙ったままだ。

しかし、握った手に力が入るのがわかった。

立場上なにも出来ないのは彼もつらいだろう。

ミレイアの母親のことを訊《たず》ねるのが目的であったが、サフィロ家を立て直したいという気持ちが強くなっていた。

「ヴィル、君は信用できる男だと思うので聞いてほしい。わたしの婚約者がトラブルに巻き込まれそうになっているんだ。実はここに来たのは結婚の報告はもちろんのこと、わたしの婚約者の妹、つまりサフィロ子爵の孫にあたる娘とその母親について、少しだけ話を……」

「サフィロ子爵と……夫人の間には、子供は……おりません」

囁《ささや》くように、微《かす》かな声でヴィルが言った。

「え？　いま何と？」

「子爵と夫人の間には、子供はおりません！」

今度は聞き取れるようにハッキリとした声でヴィルは答えた。

え、子供がいない？

さっき聞いたジュリアという名前、それは現フォルティス侯爵夫人だと言っていたじゃないか？　でも、ジュリアはサフィロ子爵夫妻の娘ではない？　どういう意味だ？

ヴィルの返答に驚き、言葉が出てこない。

その時、ソファからサフィロ夫人が起き上がるのが見えた。

「ローデリック公爵。信じていただけるかはわかりませんが、わたくしがお話しいたします」

真実と最後の夢

とんでもないことを知ってしまった……。

帰宅の馬車に揺られながら、夫人から聞いた話を反芻《はんすう》する。

あまりの内容だったので、紙に概要を書き出して夫人にサインをもらった。

念書という形式にはしたが、絶対に悪いようにはしないと約束を交わした。

病に臥《ふ》せっているというサフィロ子爵は、悲しいことにアルコール依存症になっていた。

公に出来ないため、執事ヴィルの名前を使って隣国の療養施設に入院しているそうだ。

屋敷が殺風景だったのは、治療費のために調度品を売り払っていると教えてくれた。

フォルティス侯爵は、リリアナの母の喪が明けた16年前のある日、一年振りにサフィロ家を訪れ、例年どおりに食事をした数時間後、突然激昂《げっこう》して帰ってしまったらしい。

しかもその時、サフィロ家の使用人であったジュリア、現フォルティス侯爵夫人でありミレイアの母親となる女を、なぜか連れ帰ったというのだ。

その後、16年間一度も来訪しておらず、領地の経営も好きなようにやれ、収入もいらないと完全に放置。何度手紙を書いても、夫婦で屋敷を訪れても一度も面会してくれない……。

これは、あまりにも身勝手で極端な行動だ。

16年前のその日、たった数時間の間にフォルティス侯爵に何があったというのか。
帰宅後、侯爵に直接聞いてみるか？
いや、それにはサフィロ夫人から聞いたジュリアのことを話さなければいけない……。
しかし、その前にまずミレイアだ。
胸飾り《ブローチ》がどうなるかはまだわからないが、それを解決しなければ……。
「あ――――もう！」
頭がどうにかなりそうだ。
ミレイアといい母親のジュリアといい、なんでこんなに厄介なんだ！
夫人から聞いた話を読み返していると、どうも何か引っかかる……。
サフィロ子爵夫妻に子供はおらず、ジュリアは使用人だ。
しかも、ほんの数か月しか一緒にいなかったと言っていた。
夫人がはじめてジュリアに会った時、彼女の美しさに驚いたと。
その頃のジュリアの風貌は……！　そうだ、引っかかっていたのはこれだ！
ちょっと待ってくれ……そうなるとミレイアは？
「おい嘘《うそ》だろ」
あまりのことに、目の前が歪《ゆが》んだ。手のひらに汗が滲んでいる。
よく考えろ、レイナード。とんでもないことだ、本当にその考えでいいのか？

いや、これは間違いないはずだ。だが確証がない。

それに、これを調べてどうする？　夢のほうが先決だ。

ああもう！　考えが堂々巡りで頭が爆発しそうだ。

馬車の窓を開けて風を通す。景色はいつの間にか街並みに変わっていた。

もうこの辺りか、あと二時間程度で屋敷に着くはずだ。

考えすぎたせいか額が熱く、喉《のど》も渇いている。

ベクターが持たせてくれた蜜林檎《みつりんご》を一つ手に取った。

さて、クロードにはどこまで話すべきか……。

――ガタンッ
馬車が何かを踏んだのか、車体が大きく揺れ、持っていた蜜林檎が手から離れた。

普通に座っていられないほど揺れている……違う、これは眩暈《めまい》か？

身体《からだ》を起こして座り直そうとするが、意思とは逆に、吸い込まれるように座席に倒れこむ。

その途端、睡魔に飲み込まれていた。

「レイナード……」

囁《ささや》くような声で、クロードが部屋に入ってきた。

胸には大きな封筒を大事そうに抱えている。

「どうした、こんな時間に？」

夜の食事を終え、明日の仕事の打ち合わせも済ませたあとだ。

余程急ぎの事なのか？

心なしか、クロードの顔色が冴《さ》えず無表情に見える。

「例の調査の報告がある」

「例の……あ！　あのミレ、いや匿名の手紙に書いてあった婚約者の件か」

「ああ、ローリン地区で最近目立つ妙齢の女性がいるかどうか、まずはそれを調べてもらった」

「うん」

「きっと、当てはまる人物なんていないだろうと思っていたんだが……」

クロードは封筒を開け、中から数枚の用紙を取り出して机の上に置いた。

「最近来るようになった女性の特徴が書かれている。あの地区の遊技場で聞き合わせをしたも

いて手を引いた。

置かれた用紙を手に取ろうとすると、クロードは一瞬だけ遮り、そのあと大きなため息をつ

のだ」

ローリン地区、ある女性についての報告書

第二遊技場（賭博場《とばくじょう》）

・一か月ほど前から派手な賭け方をする若い女性が週三〜四日来店

・髪は長く、色は薄茶色、クルミのような色

・いつも帽子を深くかぶっているが貴族だという噂《うわさ》

・来月結婚式だと自分から周りに吹聴している

・家のお金を自由に使えるのは今のうち、結婚をしたくない

・賭け金が高額

・ディーラーに渡すチップが多いため、店側と客の間でも有名

・酒量が多い、顔を隠しているが露出度が高い

第三遊技場（娼館《しょうかん》）

・処女なんて馬鹿らしい

・結婚したら不貞になるから今のうちに遊びたい
・色々な国の男を試したい
・賭博場《とばくじょう》の男を連れ込むこともある
・賭博で金銭を使い果たすので第三遊技場の支払いは宝石か宝飾品
・宝飾品を見た男がＦ家の令嬢ではないかと言っていた
・妹は二歳下で美人、金髪

「くっ、いったいなんなんだこれは」

用紙を持つ手が震える。

指先が冷たくなり、変な汗が止まらない。

二枚目には、まだ色々なことが書かれているが、これ以上読み進めることが出来ない。

クロードの顔を見ると、視線を逸《そ》らして首を小さく横に振った。

「レイ、色々な人から聞き取りをしてもらい、そこにまとめたのは俺だ。それ以上のことも書いてあったよ」

「……」

「あと、賭博場のほうでは『フォルティス家の令嬢』と当たり前のように話している人もいたようだ」

「ハッ、もう答えは出ているようなものか、しかしハッキリとした証拠が欲しい」

乾いた笑いが出た。

俺は今まで騙《だま》されていたのか……。

ああミレイア。君がくれた手紙のおかげで、俺は真実を知ることが出来た。

あんなに憧れ、尊敬さえしていたリリアナがこんな女だったなんて……。

怒りと嫌悪感が、身体《からだ》の奥から湧き上がってくる。

すぐ間近に結婚式が迫っている、何とかして証拠を押さえたい。

ミレイアにしてきた嫌がらせも、もう黙っていられない。

リリアナ、君を絶対に許せない……君はとんでもない悪女だ！

「クロード、すぐその娼館《しょうかん》に話をつけてくれ。次にその女が宝石を置いていったら、必ずこちらに渡すようにと。もちろん報酬ははずむ、いくらでも出す！」

クロードは無言で頷《うなず》いた。

僅かだが、リリアナを信じたい気持ちも残っている。それも、数日後には消え去るだろう。

今は、ミレイアを助けたいという思いで胸がいっぱいだ。

婚約破棄が出来れば、俺の気持ちを受け入れてくれるだろうか……。

ミレイア……。

レイナードの決意

——ガタンッ！

大きく車体が揺れ、目が覚めた。

座席に倒れ込んで眠ってしまっていたようだ、右肩が痛む。

それよりも、いま見た夢の内容に、頭の芯が熱くてたまらない。

無性に腹が立っているが、この自分の感情が何なのかさえわからない……。

リリアナが賭博場《とばくじょう》と娼館《しょうかん》通い？　本当なのか？

いやいや、何を疑ってるんだ俺は。あれは夢だ、しっかりしろ。

ミレイアの悲しそうな瞳、指先の冷たさ、華奢《きゃしゃ》な身体《からだ》の感触が一気に甦《よみがえ》る。

なんでミレイアを思い出すんだよ……くっそ、あれは夢だ！　過去の出来事だ！

今までで、一番最低で最悪の内容だった。

あんなことが起こっていたというのか。

ローリン地区……。

あの場所は、フォルティス侯爵夫人、そう、ミレイアの母親が入り浸っているという噂《うわさ》が流れていたことがある。

さっきの夢、クロードからの報告書がまだ数枚あったはずだ。

全部読んでおけばよかった……。

なぜ、落ち着いた行動が出来ないのか。

目に見えるものばかりに振り回され、すぐミレイアを思い出してボーっとして……。

「最低だ……」

右肩をさすりながら馬車の外に目を移す。

見慣れた街並み、もう屋敷が近い。

今回の夢は間違いなく重要な夢だ、しっかりと対策を練らなければいけない。

なんだか急に腹が立ってきた……。

これは、自分だけではなくミレイアに向けての怒りだ。

ミレイアはまだ十五歳になったばかり、ここまでのことを考えられるのか？

リリアナのように聡明《そうめい》な少女がいるように、駆け引きに長《た》けている少女が居てもおかしくはない。

が、舞台は娼館や賭博場だ。流石《さすが》に違和感を覚える。

ふと、馬車の外からガタガタと聞きなれた石畳の音が聞こえてきた。

気づけばもう、屋敷の敷地内に入っていた。

移動時間を含めて三日間の旅だったが、何か月振りかのような懐かしい気持ちだ。

安心するとともに、疲労感も感じる。

ああ、温かいお茶が飲みたい……。

そんなことを考えていると、馬車が玄関前で停《と》まり、同時に扉が開かれた。

「お帰りなさいませ、レイナード様」

「クロード！」

笑顔で出迎えた執事に、思い切り抱き着く。

この三日間の出来事を思い出し、少し腕に力が入ってしまう。クロードは困ったような顔で
それを受け入れ、背中をぽんっと叩《たた》いた。

「長旅お疲れさまでした、レイナード様。もうよろしいですか？」

「あ、うん」

いつもどおりのクロードに、帰ってきたことを実感してほっとする。

と同時に、さっき見た夢への怒りが胸に甦《よみがえ》ってきた。

「クロード！」

「なんですか、相変わらず大きな声ですね」

クロードは笑顔で答えながら荷物を持ち、入口の扉を開けた。

「温かいお茶を用意してまいりますので、早く中に入りましょう」

✧
✧
✧

三日振りの自分の部屋は、何事もなかったように整然としていた。

クロードは旅の荷物の整理と、お茶の用意をしている。

その間に部屋着に着替え、馬車で見た夢をノートに書きまとめた。

さて、クロードにはどこから話せばいいだろう。

さっき見た夢の話、それともサフィロ子爵家のことか……。

スナッグ地方に行くきっかけとなったのは、ステラからの手紙だった。

確認のため、手紙をもう一度読み返す。

えーっと、『先日、侯爵夫人が、ご友人と思われる女性を屋敷に連れてこられたのです……リリアナお嬢様と同じ髪色、同じ髪型、服装まで……』

そうだ、リリアナに似た女を夫人が連れていた、この不可解な人物。

ローリン地区とリリアナ……フォルティス侯爵夫人……。

まさか！　いや、そうとしか考えられない。

ずっと何かが引っかかっていたが、この計画はミレイア一人では出来ない。

フォルティス侯爵夫人、そう、ジュリアが関わっているんだ。

娘がおかしなことを言い出したら、窘《たしな》めるのが親だろう、何なんだ一体？

「どうした、やけに鼻息荒いじゃないか」

片付けを終えたクロードが、テーブルにお茶を並べながら笑っている。

爽やかなハーブの香りが鼻腔《びくう》をくすぐる。

「だって、色々わかってきたんだよ」

ステラの手紙を手に持ったままソファに座った。

テーブルに置かれたティーポットから、瑞々《みずみず》しい香りが広がっている。カップの横にはジャムが添えてあった。これはリリアナのお手製のものだ。

リリアナ……たまらなく会いたい、声が聴きたい……。

「レイ、大丈夫か？」

クロードは眼鏡をはずして向かいのソファに座る。

眉を顰《ひそ》め、心配顔だ。

「色々ありすぎて、何から話したらいいかわからないよ。とりあえず、さっき見た夢。これ、短いから読んでくれ」

「さっき？」

驚くクロードにノートを手渡すと、急いでページを捲《めく》り始めた。

その様子を見ながら、淹《い》れ立てのハーブティーを口に運ぶ。

疲れている時、いつもクロードはこのお茶を出してくれる。

リリアナのジャムをカップに入れ、スプーンでかき混ぜた。

いつも以上に美味《おい》しく、なんだか泣きそうな気持ちになってしまう。

ノートを読み終わったクロードが、眉間に深い皺《しわ》を寄せながら顔を上げた。

「なんてひどい内容だ」

「だろ？　怒りで震えが収まらなかった。で、もう一回このステラからの手紙を見てくれ」

手紙を机の上に置くと、クロードは手に取りながら「あ」と小さく声をあげた。

「このリリアナ嬢に似た……」

「やっぱり、その女が怪しいよな。俺が思うに、その女がリリアナのふりをして、あの地区に行っているのではないかと……」

「そうなると、ミレイア嬢だけではなく、フォルティス夫人も関わっている？」

クロードの言葉に頷《うなず》きながら、ティーカップに残ったお茶を飲み干した。

「そうとしか考えられない。今までの出来事だって十五歳の少女が考えるにしては、なんというか、こう……いやらしいんだ！」

「確かにな」

クロードは、少し前の夢が書かれたページを、頷きながら読んでいる。

さっきお茶を飲んだばかりなのに、喉《のど》が渇いて仕方ない。

ティーポットに手を伸ばすと、クロードがノートを伏せ、新しいお茶を注いでくれた。

「ありがとう。あと、もうひとつ驚く話がある」

「驚く話？」

「ああ、まずサフィロ子爵には会えなかった」

「そうだとは思っていたよ」

クロードは、伏せたノートを閉じて机の隅に置いた。

「でも、サフィロ子爵夫人には会えた」

「おお、よかったじゃん」

「でも、あのふたりの間に子供はいなかった」

「ん？」

一瞬戸惑いの表情を見せたあと、クロードは首を傾《かし》げた。

そして、カップを手に取ると、不思議そうな表情のままお茶を飲んだ。

珍しく動揺している親友の顔を見ながら、サフィロ家で書いた念書を取り出す。

「それは？」

「これは夫人から聞いた話だ、彼女は一切嘘《うそ》はないとサインまでしてくれた。にわかには信じられないような話だが聞いてくれ」

✧
✧
✧

「まず、この念書にあるとおり、ふたりに子供はいない。残念ながら恵まれなかったそうだ」

クロードは、夫人の書いた用紙を読みながら小さく頷《うなず》いている。

「続けてジュリア、ミレイアの母親だな。彼女の髪色が褐色だと書いてある」

「褐色……」

「うん、なんでも15年以上前の吹雪の日、サフィロ子爵が果樹園の中で全身傷だらけの子供を見つけて連れ帰ったそうだ。地元では少ない褐色の髪、きっとどこかから逃げ出した子だろうと夫婦で保護したらしい」

「ああ、15年前ならまだ隠れて奴隷を持っていた貴族がいた頃か……」

「うん、夫妻もそう思ったようだな」

念書には、ジュリアの毛髪は褐色、当家滞在時に金色に染めた。証人は当家で働いている執事。仕事を辞めた侍女たちにも確認を取るならば連絡先を教える、と書かれている。

続いて、ジュリアがこの屋敷に滞在した期間は半年にも満たないとも。

サフィロ子爵夫人は、ジュリアのことを本当の娘のように可愛《かわい》がっていたと話していた。

フォルティス侯爵が突然激昂《げっこう》して帰宅したあとも、きっと話せば誤解が解ける、そしてジュリアは自分に会いたがっていると思っていたそうだ。

夫人の気持ちを思うと、話を聞いているだけで胸がつぶれる思いだ。

「あれ？　でもフォルティス侯爵夫人、えーっとジュリアさんは金髪なんだろ？」

「うん、数えるほどしか会ってないが金髪だ。ミレイアが生まれてからも、ずっと染め続けているのなら凄《すご》いな」

「でも、そこまでして金髪にこだわるのはなぜなんだ……」

「それだよ、おかしいと思わないか？」

「ん、なにが？」

クロードは額に手を当て、もう一度夫人が書いた念書に目を落とした。

「サフィロ子爵も夫人も、スナッグ地方出身だから金髪なんだよ」

「ん？　ジュリアさんもスナッグ出身だと偽っている？　だから褐色では困る？」

「それだけじゃないだろ？」

「……」

クロードは少し考えたあと、声にならない声をあげた。

大きく目を見開き、俺を見つめている。

そうなんだ、クロード！

困惑する視線を向けるクロードに対して、大きく頷《うなず》いた。

クロードは辺りを見渡し、部屋の鍵がかかっていることを確認して声を潜める。

「おいおい、ミレイア嬢は透き通るほど美しい金髪じゃないか……」

「そうなんだ」

「じゃあ、いったい誰のこど……」

そこまで言いかけてクロードは言《い》い淀《よど》んだ。

屋敷内とはいえ、流石《さすが》に危険な話だ。

侯爵家の娘、その父親が違うかもしれない……。ただの疑惑だとしても、口に出すのは躊《ちゅう》躇《ちょ》してしまう。

もう一度、二人で顔を見合わせて頷いた。

「サフィロ家に行く時は、まさかこんなことになるとは思ってなかったよ。でも行ってよかったと思ってる」

「うん」

「このことは、リリアナと俺の未来にきっと役に立つはずだ」

「そうだな、あまりの衝撃でちょっと気持ちが落ち着かないけど……」

クロードは、サフィロ子爵夫人が書いた念書をそうっと封筒に入れ「鍵付きの金庫に保管しないと」と呟《つぶや》いた。

負担になる話を共有させてしまったが、まだクロードに話していないことがある。

いや、正確には話せないことだ。

それは、サフィロ家を去るとき、「思い過ごしかもしれない、ただの独り言と思って聞いてください」と夫人が話し始めた内容だ。

ジュリアが来て二か月くらい経《た》った頃から、今思い返せば、主人の様子がおかしかった気がすると……。

主人は、ジュリアと二人で買い物に出かけることが多く、食後には、夜遅くまでスナッグ地方の歴史や果樹園についての勉強を教えていました。

三人で食卓を囲むことも増え、本当の親子みたいに仲が良く、このまま家族になれたらどんなに幸せだろう、といつも思っていました。

それなのに主人は、ジュリアを養子にする話には不機嫌な顔をし始め、フォルティス侯爵が訪問する際も、会わせたくないなんて言っていたんです。

あの人は、ジュリアを独占したかったのかしらね……。

ずっとただの考えすぎだと思っていました。

でも、ジュリアの娘が金髪だと聞いて、長年思っていたことが、やはりそうだったのではないかと……。ごめんなさいねローデリック公爵。

こんな田舎の子爵夫人の妄想話をお聞かせして、聞き流してくださいませね……。

その話をし終えたあと、サフィロ夫人は一粒の涙をこぼして微笑《ほほえ》んだ。
やつれた顔で無理をして笑う姿を思い出すと、胸が締め付けられる。
ミレイアといいその母親といい、なんでこうも自分勝手なんだ。
でも、このことは誰にも言えない。
夫人もそこまでは望んでいないだろう。
「……レイ……レイナード！」
「ああ、ごめん。考えごとをしていた」
「それで、これからどうするつもりだ？」
クロードが手帳を開き、さっき見たばかりの夢のページを指さしている。
リリアナが娼館《しょうかん》と賭博……。
忘れていた怒りが、腹の底から湧き上がってきた。
結婚式までもう一か月を切っている。
ステラの手紙からすると、きっともう計画は始まっているはずだ。
既に、ローリン地区にリリアナの偽者《にせもの》が出入りしているにちがいない……。
夢の中の俺は、何一つ確認していなかった。
でも、今の俺は違う。

「ローリン地区に行こうと思ってる」

「えっ、いまなんて言った？」

「ローリン地区に行く、もちろんひとりで！」

クロードが、ぽかんと口を開けたままこちらを見ている。

「だってクロード、今日の夢読んだだろ？　あいつ！　いや俺だけど、本当に最低だよ。婚約破棄をするために証拠を欲しがっていた。二言目にはミレイアのことばかり！　本当に気持ち悪い男だ、俺だけど……」

「ひとりは危ないよ」

いつになく真剣なクロードの声に、大きく首を横に振る。

「男ふたりで行くほうが目立つよ。それに、クロードは男前すぎて更に目立つ」

「いや、でも……じゃあ俺が行くよ」

心配そうなクロードに、もう一度首を横に振った。

「大丈夫だ無茶はしない、それにこれは俺が確かめたい。夢の中ではクロードに頼んでたけど……あー本当に最低だ、こんな大事なことまで任せてさ」

「今さら何言ってんだよ、レイぼっちゃま」

「ぼっちゃまって言うなよ」

「悪い悪い」

クロードは少し肩を上げて笑うと、手帳を机の上に置いた。

ティーポットから新しいお茶をカップに注ぎ、小さくため息をつく。

「……わかったよ、お前の決意が固いのは十分伝わった。明日にでもあの場所へ着ていく衣装を用意しておくよ。でも、本当に何か手伝うことはないのか？」

「実はひとつだけ……」

「お、何だ？」

クロードが嬉《うれ》しそうに身を乗り出した。

「これは、俺とリリアナに関係があることではないんだが……」

「というと、フォルティス侯爵夫人の髪のことか？」

やはりクロードは察しが良い。

サフィロ子爵夫人から聞いた話の中で気になっていた、褐色の髪のジュリア。

そんなに長年、金髪でいることは可能なのだろうか？

夫人の記憶を信じないわけではない。

証人もいると言っていたので間違いないだろう。

そうなると、フォルティス侯爵夫人の虚偽を証明できる切り札は、持っておいて損はないのではと考えた。

ジュリアは、どうやってフォルティス侯爵夫人になったのか。

なぜフォルティス侯爵は、サフィロ子爵に激昂《げっこう》し、ジュリアを連れ帰り、絶縁状態にまでなってしまったのか……。

それが気にならないと言えば嘘《うそ》になる。

ただ、現時点では必要がない。

俺にとって一番大切なことは、リリアナをこれ以上悲しませない、誰よりも幸せにする、それだけなんだ。

ミレイアの企《たくら》みに、母親であるジュリアが関わっているならば、まとめて阻止するまでだ。

さあ、結婚式までもう時間がない。

行ってやろうじゃないか、ローリン地区へ！

ローリン地区

――翌日深夜

月が見えない真っ暗な夜。

いま乗っている馬車も、闇夜のように真っ黒に塗られている。

これは今夜のために馬車屋で借りてきたものだ。貴族の間ではよく知られているそうで、お忍びでどこかに行きたい時に利用されているらしい。

知らなかった。皆、そんな後ろ暗いことをしているのか。

衣装はクロードが用意してくれた。はじめて着る柄物のシャツだ。女性物のように袖が膨らんでいて、てろんっとした肌ざわり、着心地は悪くない。

顔を隠すために前髪を下ろし、追加でクロードの私物である伊達眼鏡《だてめがね》をかけた。

ローリン地区は、町はずれにある完全に隔離された地域。

公には酒場街ということになっている。

確かに、この敷地にはじめて入った者は、たくさんの酒場がある光景にしか見えないだろう。

看板以外は似たような建物ばかりで、普通の酒場より地味なくらいだ。

しかし実際は、表に掲げてある看板の色で、その役割が分けられている。

黄色い看板は賭博場《とばくじょう》、緑は密造酒（ナール国はアルコール度数が高い酒は禁止されている）、そして、赤は男性用の娼館《しょうかん》、黒が女性用となっている。

とは言っても、ほとんどが赤い看板らしい。

これは全て、我が家の完璧な執事クロードからの情報だ。

もちろん、クロードもローリン地区には入ったことがない。知識として知っているとのことだった。うちの執事、優秀すぎるのではないだろうか……。

賭博や密造酒はもちろん違法だ、しかし、それ以上に悪い噂《うわさ》がここにはある。

それは、娼館で働く者のことだ。

なんでも他国から奴隷を買い、騙《だま》して働かせていると……。

これが本当なら、国を揺るがす大問題だ。

すぐにでも議題を提出したいが、一筋縄ではいかなそうで頭が痛くなる。

馬車の揺れが止まった。

どうやら到着したようだ、辺りはとても静まりかえっている。

馬車から降りると、休日前でもないのに馬車庫はほぼ埋まっていた、しかも全部真っ黒だ。

「はぁ」

自然とため息が出る。

この地区のことを憂いても仕方ないが、これだけの人数が集《つど》っているとは……。

二度目のため息をつきながら、入口に向かって進んだ。

正面には、ローリン地区をぐるりと囲む高い外壁が見えていた。

その壁に、人が一人しか通れない穴のようなものが開いている。それが入口だ。

扉もないし門番もいない。

「……」

心臓の鼓動を全身で感じながら穴をくぐった。微《かす》かに煙草《たばこ》のにおいが漂っている。

敷地内に入ってすぐ、目の前に黄色く輝く看板が見えた。

［ヴュルフェル］

この店は最初の目的地だ。

探すまでもなかったと、ほっとすると同時に緊張感が襲ってきた。

ヴュルフェルは真っ黒な外装で窓が無く、全く中が見えない。というか、この地区全ての店に窓がない。

町全体が盛り場というには薄暗く感じるのは、そのせいもあるのだろう。

鼻から息を吸い込み入口の前に立つ。

飾り気のない木材の扉、ドアノッカーは豚だ。これは珍しい、はじめて見る。

しかし、こいつに触ってはいけない。

ノックをせず、ゆっくりと扉を開けた。

入口横に立っていた男がこちらを見て不審そうな顔をしたので、すかさずチップを渡す。

「ようこそ」

男はそう言って、一歩後ろに下がった。

店内を見回した感じは、どこにでもある普通の酒場だ。

長いカウンターがあり、その奥に扉があるのが見える。カウンターに客はおらず店内は静まり返っていた。

奥の扉に向かって歩いていくと、一人のバーテンダーが近寄ってきた。

「ケヴィンと待ち合わせをしている」と告げ、チップを渡す。

これは、合言葉だ。

バーテンダーは黙ったままで頷《うなず》き、奥の扉を開けて頭を下げた。

促されるように一歩進むと、背中の向こうで重い音を立てながら扉が閉まった。

「……」

あああ、俺の心臓の音すげ——！

緊張で手のひらがびしょびしょになっている————！

ノック無しの入店、男へのチップ、毎週更新される合言葉。

全て聞いていたとおりにやってみたが、とにかく怖かった……。

無事、入店することが出来た。

ほっと胸を撫《な》でおろして喜びをかみしめる。

しかし、ここはまだまだ序盤だ。

さあ落ち着くんだレイナード、行くぞ。

ヴュルフェルの店内は、人々がざわめき、煙と熱気でやけに湿度が高かった。

いくつかのカジノテーブルが並び、男も女も皆コインを握りしめ、賭博に興じている。

あやしまれないように専用コインを交換して、テーブルを一つひとつ回っていく。

ほとんどカードか……こんなに人がいるとは思わなかった。

人々の熱気と、店内に入れた安心感のせいか、やけに喉《のど》が渇き始める。

隅にバーカウンターが設置されているのを見つけた。

目立たないように人の間をすり抜け、バーカウンターの端の席に座ってソーダを頼む。

その時、背後から女の甲高い笑い声が聞こえた。

周りの客が一瞬その方向を見るが、すぐに何事もなかったようにカードに視線を戻す。

しかし、俺は目を離すことが出来なかった。

ひときわ目立つ金色の髪。大きく胸元が開いたドレスを着た女と、その横には褐色の肌をした男が二人。

たった今、大きな声をあげた女は、ミレイアの母ジュリアだった。

顔には小さな仮面を着けているが、鼻と口だけで十分にわかってしまう。

やはり顔立ちが美しいというのは目立つものだ。

「またF夫人か」

吐き捨てるように言う声が、カウンター横から聞こえた。

「どうせ全部負けて娼館《しょうかん》に行くんだろう」

「だろうな、しかしいい女だよな」

「若い男しか相手にしないみたいだから諦めろ」

男たちが葉巻に火をつけながら、ジュリアの噂話《うわさばなし》をしている。

賭博場《とばくじょう》で『フォルティス侯爵夫人の噂』の手がかりでもと思っていたが、本人がすぐそこにいるうえに、完全に有名人じゃないか。

名前を口にしないだけで、素性もばれているのだろう……。

苛立《いらだ》ちと不快感で、背中が熱くなるのを感じる。

待てよ……ジュリアがいるということは、リリアナに似た女も一緒なのでは？

おそるおそる振り返り、人の間からジュリアの様子を確認するが、男にしな垂れかかる姿が見えただけだ。リリアナに似た女どころか、ジュリアの周りには男しかいない。

……まさか、もう娼館にいるのか!?

そう思った瞬間、今まで腕を絡めていたジュリアが、パッとこちらに顔を向けた。

思わず顔を伏せる。

「お？　Ｆ夫人がこっちを見てるぞ」

横で葉巻をくわえた男が言った。

「お前じゃねーよ、そこにいる背が高いお兄さんだろ」

「んだよ、つまんねーなー」

さっきから噂話をしていた男が、俺とジュリアを交互に見ているのがわかった。

葉巻を持った髭《ひげ》の男と目が合うと、男はにやりと笑い小さく手招きをした。

「そこの男前のおにーさん」

「お、俺ですか？」

「うん、そう。顔は見えないけど、おにーさんみたいな体格が好きなんだよあの女」

髭の男は、顎《あご》でジュリアの方向を差した。

その言葉に、頭から水でもかけられたように悪寒《おかん》が走る。

それでも狼狽《うろた》えてはいけない、冷静を装わなければ……。

「ははは、そりゃ残念だ、実は約束があってすぐにここを出なくてはいけないんですよ」

「なんだ、本当に残念だな。今日の賭け金だっていくらでも払ってくれるってのに」

髭の男とその連れは、ジュリアのほうを見てニヤニヤ笑っている。

いくらでもか、最悪だ……。

早くこの場を立ち去りたい……。

ニヤけた男たちに愛想笑《あいそわら》いを浮かべながら、席を立とうとした時、専用コインを握りしめていたことに気づいた。

入口で交換したコインは一度使わないと両替用コインに戻らない。

しかもこのコイン自体の持ち出しも禁止だ……面倒くさい。

仕方ない、このお喋《しゃべ》りな男に頼んでみるか。

「髭《ひげ》のお兄さん、すまないが出口を教えてもらえないか？　待ち合わせをしてたんだが店を間違えたようだ。その代わりと言ってては何だが、これを」

カウンターの下から、男の手にカジノコインを握らせる。

男はそれを確認したあと、ラバトリーの方向を顎《あご》で指し「右側だ」と言って手を振った。

目の前に置かれていたソーダに口をつけるが、ぬるくて飲めたものじゃない。

ジュリアに背を向けたまま席を立ち、壁際のラバトリーを目指した。

『入口と出口は完全に分かれているので探さなくてはいけませんよ』

これも当家の有能な執事から聞いていたものだ。

結局人から聞くかたちにはなったが、まあいいだろう。

壁際に着くと、ラバトリーの右横に、まるで道具入れのような細い扉があった。

一見すると壁と同化して見える。

鍵穴らしきものはあるがレバーハンドルがない。

不安に思いながら細い扉を押すと、僅かだが向こう側に動く感覚があった。

やはりこれが扉で間違いない……。

そう思った瞬間、背後からジュリアの歓喜の声が聞こえた。

全身が一気に総毛立《そうけだ》つ。

その笑い声から逃れたい一心で腕に力をこめると、急に抵抗がなくなり、気が抜けるほど簡単に扉が開いた。

目の前には真《ま》っ直《す》ぐ続く細い廊下、その先には、また似た扉が一枚見える。

「え、なんだこれ」

振り返ると、いま出てきたばかりの扉は閉まっていた。

ぴったりと閉まった扉は、レバーハンドルどころか鍵穴さえなく、まるで一枚の壁のように見えた。

さっきまでの喧騒《けんそう》は、嘘《うそ》のように聞こえない。

「どうやってもあちらには戻れないってことか……」

不安になりながら、廊下を進み新しい扉に手をかけた。

カチャリと軽い音を立てて扉は開き、外の風が一気に吹き込んできた。

やった!!

小躍りしたくなる気持ちを抑え、何食わぬ顔で一歩外に踏み出す。

目の前に広がった風景は、店に入る前とは全く違うものだった。

店に掲げられた看板の色はほとんど赤く、人通りもかなり多い。

間違いない、これがローリン地区のメイン、色街だ。

賭博で儲《もう》けた金を色街で使う、そういう作りか……。

通りの脇で、顔を隠して抱き合う男女の姿を見て、さっき賭博場《とばくじょう》で男にしな垂れかかっていたジュリアの様子を思い出す。

言い表せない澱《よど》んだ気持ちが胸に広がっていく……。

考えるな、今はジュリアより、リリアナに似た女を探すことが重要だ。

頭を振り、気を取り直して、黒い看板を探すために通りを進んだ。

女性用の娼館《しょうかん》はまだ一軒しかないらしく、すぐに見つかるはずだとクロードが言っていた。

一緒には来ていないが、ここに来てからどれだけクロードが調査してくれたことが役に立っているか……。

細い道の角、赤い看板に紛れるように、赤文字で『アラクネ』と書かれている黒い看板が目に入った。

見つけた……。

今日の一番の目的である、女性専用の娼館『アラクネ』。

俺が今からやろうとしていることに、失敗は許されない。
強引な方法なのは承知だが、悩んでる時間もない。
夢で見たリリアナの泣き顔が頭をよぎる……そうだ、あんな顔させちゃ駄目なんだ。

✧✧✧

『アラクネ』の入口は、民家のような薄い扉をしていた。ドアノッカーも無い。
一瞬悩んだが、この地区の流儀はどこも同じだろう。
ノックをせずに扉を開ける。
玄関ホールは狭く、正面に真《ま》っ直《す》ぐ伸びた一本の廊下があるだけ。
奥には扉のようなものが見える。
右側の壁には薄手のカーテンが一枚。捲《めく》ってみると小さなガラス窓付きの扉があった。
そして左側の壁には、呼び鈴がポツンとついている。
チリ……
呼び鈴に触れると、聞こえるか聞こえないかくらいの微《かす》かな音で鈴が鳴った。
全く響かない、潰れたような音だ。
すると、右側のカーテンの向こうに人影が現れた。

窓が開く音がしたかと思うと、少しだけカーテンが捲れ、咳払《せきばら》いが聞こえた。

「お客様、こちらは姫専用のお店となっています。男性は立ち入り禁止です」

男が言い終わるのを待たず、薄いカーテンを勢いよく開ける。

年の頃なら六十前後。小太りで髭《ひげ》を蓄え、突然のことに目を見開いている男の顔がそこにあった。

「こら、何やってくれ……」

男は大声を出しそうになったが、慌てて声のトーンを落とす。

ここで大きな声を出すと、中の『お姫様』たちを驚かせてしまうことになる。

すぐそれに気づいたようだ。

金貨を一枚、男に見せた。

「聞きたいことがある」

「話すことはございません」

もう一枚金貨を見せた。

「少しの時間でいいんだ」

「お引き取りくださいませ」

男は小窓から手を出し、必死でカーテンを閉めようとしている。

そんな男の手をはらい、乱暴だと思いつつもカーテンを引き裂いた。これでもう閉じることは出来ない。

それを見た男は、ため息をつき、小窓から手を引っこめた。

「お客様、酔っていらっしゃいますか？」

「今日の売り上げはいくらだ？　それの10倍の金貨を払う。もちろんお前の小遣いにしてもかまわない」

金貨の入った袋を見せると、男が唾を飲み込むのがわかった。

「安心しろ、政府の者じゃない。もしそうなら他の店も騒ぎになってるはずだろ？」

短い時間俺を睨《にら》みつけ、男は諦めたような顔で首を横に振りながら「少々お待ちくださいませ」と小さな声で呟《つぶや》いた。

ガチャッと鍵が開く音がした。

男は腕だけを出して、中に入るよう手招きをしている。

「5分で帰ってくださいよ」

「もちろんだよ」

招かれるまま中に入り、奥の部屋へと通された。

狭い部屋には、テーブル、ソファ、大きな金庫が置かれている。

「で、なんです？」

男は腰掛けながら面倒くさそうに言った。

金に目がくらんで呼んだのに偉そうな態度だ。この手の男には、世間話をしても意味がない、

「この店で、後払いする姫はいるのか？」

「ハッ絶対にないですよ、ローリン地区でツケは絶対に許されません。そんなことをするお客様も存在しません。なぜかはわかるでしょう？」

額に皺《しわ》を寄せながら、男は少し小馬鹿にしたような笑みを浮かべる。

ここでは皆身分を隠している。ツケをするには自分が誰かを証明しなくてはいけない。ましてや屋敷にまで来させるなど、吹聴してくれと言っているようなものだ……。

「では、宝飾品払いは？」

「……」

「高価な宝飾品を置いていく代わりに、あとでお前が集金に行く……な～んて風変わりなことをするお姫様はいるんじゃないのか？」

「……」

「なあ、教えてくれよ。長年懇意にしていた姫に頼まれていないか？」

男は苛立《いらだ》たしげにソファから立ち上がり、太った腹にズボンを引き上げた。

「帰ってくれ」

さっきまでのふざけた様子と違い、声に凄《すご》みをきかせている。顔色は青ざめているのか紅潮しているのかわからない。

おかしな顔色になっている男の顔を見ながら、同じように立ち上がり、そのまま両肩に手を置いた。

男の動きが一瞬止まり、肩から緊張が伝わってくる。

「えーっと名前聞いてなかったな、名前は？」

「必要ないだろ！」

振りほどこうとする男の腕を押さえ、更に力を入れて摑《つか》んだ。

こういう場所で働いているのだ、きっと腕に自信はあるだろう。が、俺だって鍛えている、それに愛するリリアナの名誉のためだ。絶対に離すわけにはいかない。

「そうか、俺は名乗ってもいいよ。ローデリックだ」

「ロ、ローデリック、公爵……」

自分の家名を名乗ることに何の抵抗もなかった。

男はただただ驚き、さっきまでの威圧的な態度が嘘《うそ》のように意気消沈してしまった。

ローデリック家は、この国で代々続く『四大名家』と呼ばれる家の一つだ。

王家や政治に物申せる家、名前を騙《かた》ることも罪となる。

貴族の結婚なんてものは、市井《しせい》のものには国王や王太子くらいしか興味がないだろう。

しかし、こういう場所で働く者たちは、社交界のことには詳しいはずだ。

俺と『あの夫人』の娘が結婚することは、間違いなく噂《うわさ》になっている……。

「そう、ローデリック公爵だ。もう一回座ろうか？　えーっと……」

「カルロスです……」

「ありがとうカルロス。座ろう」

カルロスは眉間に皺《しわ》を寄せ、一回り萎《しぼ》んだように見えるほど背中を丸めてソファに座った。

俺も向かい側に座り、カルロスの状態が落ち着くのを待った。

少しの時間のあと、額の汗を拭きながらカルロスは口を開いた。

「ロ……公爵、一体何の御用でしょうか？」

「もう面倒だから単刀直入に聞く。答えにくければ頷《うなず》くか首を横に振るだけでいい」

目の前のカルロスが大きく頷いた。

「これは俺の花嫁とこれからの人生がかかっている。もし嘘《うそ》をついたら、この地区を噂《うわさ》だけではなく公にして処罰を受けてもらう。だって安い賃金で各国から奴隷を雇い、あげくに娼館《しょうかん》で働かせているだもんな。これは大罪だ」

カルロスはごくりと喉《のど》を鳴らし、何か言いたげに口を開きかけた。

しかし絶対に喋《しゃべ》らせない。

「働く者の中には奴隷だけではなく、不法滞在者、罪人もいるかもしれない。それを全て知らなかったでは通らないだろ。ナール国はここ100年以上は斬首刑は行われていないが、お前が今世紀最初になるかもしれないな。家族も普通に暮らしていけるわけがないと思え」

正直、噂だけで何一つ確認を取っていない。

それに、我が国では何があっても斬首刑は行われない。これは今の国王が内密に決めていることだ。しかし、これくらいのハッタリは許されるだろう。

「お許しください……」

カルロスは、ソファと同化しそうなくらい肩を落としている。

「まず、質問に答えてくれればいい。そのあと簡単なことをいくつか頼みたいだけだ」

うなだれたままのカルロスは、大きく頷いた。

「屋敷まで集金に来させる女、そいつは現在来ているか？」

「……はい」

「その女は、背中くらいまで伸ばした髪で、髪の色は薄茶色、身長は俺のこのあたり」

「……はい」

「顔は見たことあるのか？」

「お顔は存じ上げません、いつも深く帽子をかぶっていらっしゃいます。えーっと、あの……」

「なんだ？」

「あの、行為をする時も、仮面をずっと着けられているようで……」

姑息《こそく》なことをしている。

姿だけ似せておけば、噂になるとでも思っていたのだろう。

「で、その女はフォルティス侯爵夫人の紹介で、集金もフォルティス家だな？」

今まで俯《うつむ》いていたカルロスが、突然顔を上げた。

まんまるな目でこちらを見つめるが、何も言おうとしない。

おじさんに長時間見つめられるのはなんだか嫌なものだ……。

「ん？　答えたか？　返事が聞こえなかったんだけど？」

カルロスは頑《かたく》なに口をつぐんだままで、頷《うなず》きもしない。

「なあ、さっきまで返事してたのに何も言わないのは、肯定と同じなのをわかっているのか？」

そっとカルロスの膝に手を置くと「あっ」と言う小さな声が漏れた。

あっじゃないよ、早く答えてくれ。俺の名前を聞いた時点で察しているだろう。

「な、こっちはわかってるんだよ、さっきも言ったように本気なんだ。集金先はフォルティス家だよな？」

「……はい」

カルロスは更に額に力を入れ、絞り出すような声で答えた。

やった、認めた！　頬があがりそうになるのを必死で耐える。

「集金の日は決まっているのか？」

「はい、いつもは週始まりの月曜の午後と決まっております」

「じゃあ、次は……」

……来週の月曜、そうなるともう結婚式は終わっている。どうする気だ？

「はい、次は月曜ではなく、今週末金曜の午前中と指定されています。必ずその日に！　と念を押されました……間違いございません」

力なく答えるカルロスの言葉に、ゾクッと身震いがした。

今週末の金曜日、結婚式の前日。

過去の俺がリリアナに婚約破棄を突き付けた、あの最悪な日。

そして、馬に踏まれて死んでしまった日だ。

その日は、フォルティス家でお茶の約束がある。これも夢と同じだ。

夢で見た馬鹿げたことが起こらないよう、ミレイアに注意を払い、リリアナへの嫌がらせも回避してきたつもりだった。

もう諦めるだろう、諦めたはずだと思っていたが、やはり最後まで仕掛けてくるのか……。

だが、こっちだって準備はしている。逆に金曜日が待ち遠しくなってきた。

こうなったら徹底的にやってやろうじゃないか。

「そうか……。ではカルロス。次は姫ではなく、俺の頼みを聞いてもらえるか？」

カルロスの顔がまた青白くなった。

結婚式前日

ついに金曜日の朝を迎えた。

昨晩はあまり眠ることが出来なかった。

うとうとしかけては、目が覚めるというのを繰り返していた。

こんな日に、また夢を見たらどうしようという不安もあったが、何もなく朝になっていた。

よく考えると、サフィロ子爵家からの帰宅途中に見た夢。あれから過去の夢を見ていない。

もしかして、あの日が最後の夢だった？

あの夢の続きは、俺が最初に見た夢へとつながる。

リリアナに胸飾り《ブローチ》を投げつけ、馬に踏み殺され……。

そして、その日は今日だ！

ちょっと待ってくれ。神様かご先祖様なのかはわからないが、これで終わりだなんてあっさりしすぎではないのか？

生まれ変わって人生をやり直せるなんて、おとぎ話くらいでしか見たことがない。

こんな機会を与えてもらって、文句を言うのはおかしいと自分でも思う。

でも、最後には何かわかると思っていたけど、ここまであっけないとは……。

「俺、頑張ったよなあ」

誰に言うでもなく呟《つぶや》いて、少し釈然としない気持ちのまま着替えをすませる。

今までの夢を記録したノートを取り出し、パラパラと捲《めく》った。

そうそう、最初の頃はまさかこんなことになるとは思ってなかったんだ。

ただ、恐ろしくて不快な夢を見たと、クロードに泣きついたっけ……。

リリアナの悲痛な叫び声、泣きじゃくる顔。心に張り付いてどうやっても忘れることなんて出来ない。

自分が馬に踏まれる痛み、死んでいく時の苦しさも、もちろん忘れていない。

それよりも、リリアナのことを思い出すほうが、胸が痛くて耐えきれない。

本当に俺、一回死んでるんだよな……。

この数か月間を思い出しながら、耳の後ろを触る。

羽が浮き出ている場所を押さえ、これから起こること全てがうまくいくように、と願った。

ローリン地区に行ってから今日までの間、出来る限りのことはやったつもりだ。

ミレイアがこれ以上何かを仕掛けてきたとしても、対処できる自信もある。

なんたって俺はリリアナと別れる気なんて考えたこともないし、愛《いと》しいと思う気持ちは深まるばかりだ。

だからこそ、彼女を貶《おとし》めようとする者を、絶対に許さない。

本当なら今日のお茶会の場所を、ローデリック家に変更してもよかった。

カルロスがフォルティス家に来たとしても、俺とリリアナが不在では話は進まない。

ミレイアが悔しがるだけだ、でも、それでは駄目なんだ。

リリアナの偽者《にせもの》、それに娼館《しょうかん》と賭博場《とばくじょう》。

これからどんな狂言を考えているのかは知らないが、準備している状況がひどすぎる。それだけで腹立たしくてたまらない。

だから、このまま無視してしまうことは、ありえないと考えた。

それにカルロスに会うことを事前に回避したとしても、ここまでのことをやってきたんだ、下手すれば結婚式当日に何をされるかわからない。

もちろん、夢にはないことが起こったとしても、撥《は》ね除《の》ける自信はある。

でも、生涯に一度きりの結婚式が台無しになってしまう。リリアナに嫌な思い出を残したくない。

ああ、リリアナに会いたい。

あのやわらかな髪を撫《な》で、頬に触れて、俺の名前を呼ぶ声を聞きたい。

ずっと一緒にいると誓って抱きしめたい……。

俺がこれからやろうとしていること、結果によってはリリアナ、それどころかフォルティス侯爵も傷つけることになる……。

それでもやらなければいけない、違う、やるんだ！

自分の気持ちに揺るぎないことを確認して、深く息を吸った。

それに合わせたかのように、部屋をノックする音が聞こえた。

「レイナード様、おはようございます」

いつもの挨拶《あいさつ》とともにクロードが部屋に入ってくる。

「おはようクロード！」

「もう着替えているのか。早いな、そして声が大きい」

「なんだか落ち着かなくて早く目が覚めたんだ」

「そうだな、この日まで来たんだもんな……俺も信じられないほど緊張してるよ」

フォルティス家に持っていくための鞄《かばん》を机の上に置き、俺と目を合わせたクロードは、胸に手を当ててにっこりと微笑《ほほえ》んだ。

ローリン地区から戻ったあとは、結局またクロードに色々と手伝ってもらった。

彼という存在が居なければ、夢やそれによって起こった出来事を、ここまでスムーズに対処できただろうか……。

「ありがとうクロード。最後まで面倒かけて……」

「何言ってんだよ、全部レイが考えたことだろ。俺はそれを手伝っただけ。何も面倒なことなんてないよ」

クロードは窓際で朝日を浴びながら、こちらに向かって笑顔を向ける。

なんだろう神々《こうごう》しい。

「かみさま……」

「え、おい！　レイどうした？」

慌ててクロードが駆け寄ってきた。不安そうに俺の顔をじっと見つめている。

すかさず、思い切り抱きついた。

「あーもう、やめろよー」

「俺クロードがいなけりゃ、多分このチャンスをどうにも出来なかったと思う」

「そんなことないって」

「そんなことあるって！　ひとりじゃあたふたするだけで、こんなに順調に事は運ばなかった」

「……」

「ありがとう。本当に、どう伝えたらいいかわからないくらい感謝してる」

鼻の奥がツンとする。目の周りが熱くて今にも涙が出そうだ。

クロードを抱きしめる腕に力が入る。

「わかったよ、だから腕を離してくれ」

「クロード……」

「おい、愛の告白でもする気かよ、離せ」

笑いながら身体《からだ》をねじるクロードに、自然と腕がはずれる。

「この馬鹿力め」とぼやきながら、クロードは上着を直して、改めて俺のほうに向きなおる。

「レイ、さっきも言ったようにお前が頑張ってるから俺は応援しただけだ。面倒なんて思ったこともない。こちらこそ、いつも信頼してくれてありがとう」

「クロード……」

「はいはい、そこまで」

もう一度両手を開いた俺をサッとかわし、クロードは時計を指さした。

「レイナード様、お茶会に遅れます、全ての支度が終わっているなら参りましょう、既に馬車は用意しております、もう一台の馬車も……」

クロードの言葉に一瞬にして背筋が伸びる。

今日で終わらせるんだ……！

蜻蛉《オニヤンマ》の胸飾り《ブローチ》が入った箱を両手で持ち、大きく深呼吸をした。

「行こうか」

「そうですね」

クロードは俺の背中をぽんっと優しく叩《たた》き、部屋の扉を開けた。

✤　フォルティス家

真っ白な門をくぐり、馬車が停《と》まる。

とうとうフォルティス家に到着した。

「行ってくるよクロード」

「ああ、あとでな」

先に馬車から降りたクロードは、屋敷から一緒に来たもう一台の馬車へと乗り込んだ。

それを見届け、いつものように出迎えてくれたブラッツと挨拶《あいさつ》を交わす。

「ローデリック公爵、大変良い日でございます。ようこそおいでくださいました」

「やあブラッツ。明日も同じくらい晴れてくれるといいのだが」

「祝福されるおふたりです、きっと大丈夫でございます」

眉を下げ、優しい表情を見せたブラッツと一緒に玄関ホールに入る。

そこには、笑顔のステラが立っていた。

「ようこそおいでくださいました。わたくしがお庭までご案内させていただきます」

「ありがとうステラ。元気そうで何よりだ」

ステラは真っ直《まっす》ぐに俺を見て、嬉《うれ》しそうに微笑《ほほえ》んだ。

このまま一緒に庭に行くと、彼女にもこれからの出来事を見せてしまうことになる。

一瞬躊躇《ちゅうちょ》したが、ステラは結婚式後にローデリック家へ戻ってくる。今後、ミレイアたちと顔を合わせることもない、きっと大丈夫だ。

玄関ホールを抜け、中庭へと進む。見慣れた風景が、逆に緊張を誘う。

前を歩くステラが、小声で話しかけてきた。

「レイナード様、あの、先日の胸飾り《ブローチ》の件なのですが……」

「ああ、本当に手間をかけさせた。ありがとうステラ」

「はい、頼まれたとおり本館で保管をしていたのですが……」

「無くなってたんだろ？」

「どうしてそれを……！」

俺の言葉にステラは立ち止まり、くるっとこちらに振り返った。

「それでいいんだよ、本当に心配をかけてすまない。こんなことさせてしまって申しわけないと思ってるよ」

「そんな！　とんでもございません」

ステラはぶんぶんと頭を振り、また前に向き直って歩き始めた。

切りそろえられた髪が小さく揺れている。

その後ろ姿を見て、改めて声をかける。

「ステラ、本当にありがとう」

「いえ、そんな……」

それ以上は何も喋《しゃべ》らず、ステラはもくもくと廊下を進んでいく。

賢い子だから、胸飾《ブローチ》りがなくなっていると気づいた時は驚いただろう。

そして、色々と考えたはずだ。

ミレイアが贈り物を勝手に開けていたという事件があったのに、なぜ本館に胸飾りを置くように指定されたのか……。こんなの絶対におかしい、と。

深入りしてこないのが偉いよステラ。俺なら我慢できない。

前を歩く小さな背中に、申し訳ない気持ちでいっぱいになりながら進んでいると、足元が石畳に変わった。

ここは、はじめてこの屋敷に来た六歳のあの日、リリアナを待っていた所だ。

管理はされているが、侯爵家の庭としては殺風景だ。自分たちはあんなに着飾っているのに、屋敷に関しては何の興味のもないのがよくわかる。

前を歩いていたステラの足が止まった。

満面の笑みでこちらに振り返り、手を差し出す。

同時に、風に乗って甘く香ばしい匂いが鼻腔をくすぐった。

「さあレイナード様。リリアナお嬢様は、今日のためにたくさんお菓子を準備したんですよ。

行きましょう」

ステラの指すその先には、芝の上に真っ白なテーブルと二脚の椅子。その前で、焼き菓子の入ったバスケットを並べるリリアナの後ろ姿があった。

「リリアナお嬢様ぁー、レイナード様がお見えでーす」

「リリアナ！」

リリアナの姿を見た途端、我慢できずに駆け出していた。

彼女が振り返った時には、小さな肩を強く抱きしめていた。

腕の中に驚いた顔をしたリリアナがいる。

深緑色の美しい瞳が俺を見つめ、榛色《はしばみいろ》の髪が鼻先で揺れる。自然と腕に力が入る。

「もうレイ！」

「なんだいお姫様」

愛《いと》おしさが爆発しそうだ。

目の前にある丸い額《おでこ》に口づけようとした瞬間、背後からステラの呼び声が聞こえた。

「レイナード様！　リリアナお嬢様！」

やけに焦ったようなその声に、何事かと手を離して振り返る。

リリアナが「あっ」と、聞こえないくらい小さい声をあげた。

ステラの後ろには、笑顔のミレイアが立っていた。

とうとう来たか……。

少し困ったようなリリアナの額に軽く口づけ、ステラのもとへ向かう。

ミレイアが一瞬真顔になるのがわかった。

「やあミレイア、こんな早い時間からどうしたんだい？」

「ごきげんよう、レイナードおにいさま」

膝を曲げて軽やかにお辞儀をしたミレイアは、上目遣いで俺を見つめている。

ステラはきゅっと唇を結び、俺とリリアナ、そしてミレイアを順番に目で追っていた。

「明日は結婚式ですわね、おにいさま。ミレイア、楽しみで眠れそうにありません」

「ああ、私も楽しみだよ。その明日の準備で、可愛《かわい》い花嫁が午後から忙しくなるんだ。だから、午前中に会っておきたくてね」

「まあ、明日から夫婦になられるのに、本当に仲がよろしいこと」

「わかってるんだけど、それでも会いたくてね」

「おにいさまったら」

ミレイアが口に手を当て、ふふふと笑っている。

なんだこの茶番劇は？

何か仕掛けてくるつもりではなかったのか？

それとも、流石《さすが》に無理だと思って諦めたのだろうか。それならそれで良いのだが……。

「あっ！　そうでしたわ！」

突然ミレイアが声のトーンをあげた。

ステラがビクッと肩を震わせる。

その姿につられ、少しだけ肩が上がってしまう。

驚かせないでくれミレイア……。

振り返ると、テーブルの前でリリアナが不安そうに立っていた。ステラも困った顔で俺を見つめている。二人には一緒に居てもらったほうがいいだろう。

「何か思い出したのかいミレイア？　あ、その前にステラ。リリアナのところに行って準備を手伝ってあげてくれないか」

「はい！　かしこまりました」

所在無げだったステラは、ミレイアに頭を下げてリリアナのもとへと駆けて行った。

ステラの足音が遠ざかっていく。

さあミレイア、いったい何を言ってくる気だ？

正面に居るミレイアの視線は、ステラの後ろ姿を追っている。

完全に離れた場所に行ったことを確認したのか、ミレイアの視線がこちらに戻った。

「よかったですわ、使用人には聞かせたくない話でした。実は……」

そこまで言ったミレイアは、突然話すのをやめて手招きをした。

これは、俺に耳を近づけろということか？

そんなこと絶対にしない。

「どうしたんだい？　聞かせたくないとは？」

「おにいさま、声が大きいですわ」

ミレイアが慌てたように袖を引っ張った。

あまりの力に少しよろける。

そんなに焦っているのかと思うと、なぜだかおかしくなって少し笑ってしまった。

「おにいさま、笑ってる場合じゃございませんの。来てくださいませ！」

更に強い力で今度は腕を引っ張った。

きっとカルロスが集金に来ているのだろう。

やっぱりやる気なのかミレイア、そこまでして姉を嵌《は》めたいのか……。

もしかしてと思っていたが残念だ。

よし、行くか。

「わかったよミレイア、そんなに引っ張らないでくれ」

「ごめんなさい」

力を緩めたが、腕からは手を離さない。

そのまま、俺の腕を自分の身体《からだ》に引き寄せ、潤んだ瞳で見つめている。

はぁ……。

夢の中では単純にときめいていたが、今では君のぬくもりに寒気がしているよミレイア。

早く終わらせなければ……。

ミレイアから視線を逸《そ》らし、リリアナとステラのほうへ振り返った。

「ふたりとも少し待っていてくれ、すぐに戻ってくる」

フォルティス家裏口

裏口へ向かう道。

ミレイアは振り返りもせずに、黙々と早足で歩いている。

背中から鬼気迫るものを感じるが、俺に対する感情は全く感じられない。

本当に何を考えているんだ……。

この角を曲がれば裏口が見えるという場所で、急にミレイアが立ち止まった。

「あの、実は、おかしなお客様がいらっしゃってるの」

「おかしな客？　私にかい？」

「いえ、おにいさまではなくて、リリアナお姉さまに」

「ん？　それなら私じゃなく、リリアナを呼べばよかったのではないか？」

戻ろうとする俺の腕を、ミレイアはまた強く摑《つか》んだ。

悲しそうな顔で首を横に振ると、ドレスポケットから何かを取り出した。

「これをご存じですか？　そのおかしな男が持ってきたのですが……」

「こ、これは！」

きた、あのピンク石の胸飾《ブローチ》りだ！

ここに胸飾りがあるということは、リリアナの偽者《にせもの》は本当に存在し、その偽者が娼館《しょうかん》に行ったという事実の証明になる……。

目の前で眉を下げ、瞳を潤ませて俺の様子をうかがう十五歳の少女。

ミレイア、君が悪魔に見えるよ。

それにしてもずっと目を離さない、俺の顔色でも見ているのか。

いま俺が驚いて見えていたとしても、それは君の行動力に対する驚きだ。

「ミレイア、これは大事な物なんだ。その、おかしな客というのはまだいるのかい？」

自分の声が僅かに震えているのがわかる。

緊張なのか、気持ちが昂《たかぶ》っているせいなのかはわからない。

ミレイアは目を合わせたままこくりと頷《うなず》き、また俺の腕を取って裏口への道を進んだ。

裏口の門の横に、誰かが立っているのが見えた。

そこには、大きな身体《からだ》を出来る限り小さくして、困った顔で辺りをきょろきょろと見渡すカルロスの姿があった。

カルロスは俺に気づき、慌てたように目を逸《そ》らす。

「あの人ですわ……なぜかお姉さまのことをご存じなの」

「わかった、私が話を聞いてみよう。なにか危険があるといけない。ミレイアはここで待っててくれ」

真《ま》っ直《す》ぐカルロスに近づくと、一瞬だけ顔を上げて頭を下げた。

「あ、あのわたくし、えーっと、ある場所で商売をしているカルロスと申す者です……」

「ほう、あの胸飾り《ブローチ》を持ってきたのは君か？　私はローデリック公爵だ」

「はい、そうでございます公爵様。こちらのお嬢様を名乗る方がわたくしの店に来られまして、お金がないからとこの胸飾りを置いて行かれたのです」

「おかしな話だな」

「はい……申し訳ございません」

カルロスは緊張のせいなのか、なぜか謝っている。

それにしても、話を性急に進めすぎだ、頼むから焦るなよ。

みるみるうちにカルロスの顔色が悪くなり、額から流れた汗が顎《あご》からポトリと落ちた。

「で、その胸飾りを置いていったという女がどうした？」

「あの、リリアナ様と名乗っていらっしゃいまして……」

「なんだと？」

「ああ、申し訳ございません。ただ、その方が胸飾りを持って屋敷に来れば金を払うと……」

カルロスはびしょびしょになった額と顔を必死にハンカチで拭っている。

「金を払うと？　ふーんそうか。ところでお前の『店』というのは何の店だ？」

「あっ、えっ、あのっ、後ろのお嬢様がいらっしゃるので、ちょっとお聞かせ出来ません」

振り返ると、ミレイアがすぐ近くまで来ていた。

微笑《ほほえ》んでいるように見えたが、俺と視線が合った途端、表情を曇らせる。

俺が驚く顔でも確かめに来たのだろうか、ただただ呆《あき》れてしまう。

「店は言えないのか、じゃあ場所はどこだ？」

「……ン地区でございます」

「え？」

「ローリン地区でございます」

カルロスが言い終わるとすぐに、背後でミレイアが「まぁ」と小さな声をあげた。

何が『まあ』だよ。もう振り返るのも面倒くさい。

「まったく話が見えない！　どういうことだ。ちゃんと説明しろ！」

声を荒らげると、カルロスはポケットから新しいハンカチを取り出し、首の汗を拭いながら説明を始めた。

「はい、一昨日前のことでございます。『リリアナ』と名乗るお嬢様が当店を訪れまして、あの……ご利用されたあとに『お金を忘れてしまった、この胸飾りを置いていくので後日集金に来てほしい』とおっしゃられたのでございます」

「名前を名乗っただと？　まだ信じられない！　どんな女だったんだ」

「はい、髪の色は薄茶というか榛色《はしばみいろ》で、長さはこの胸の下くらい。深緑色の瞳で身長は私より少し低いくらいでございました」

「お姉さま……」

背後でまたミレイアの声が聞こえた。なにが『お姉さま』だ、わざとらしいったらない。

カルロスは下を向いてハンカチを握りしめている。

「そうか、深緑の瞳……名前ももちろんだが、風貌もまるで私の婚約者のことのようだよ」

「こ、婚約者様……」

「ああ、明日結婚式なんだ。君がそこまで言うなら、ここに呼んでこようじゃないか」

「「え!?」」

カルロスと一緒に、ミレイアも声をあげた。

まさかリリアナをここに呼ぶなんて、そんなこと思っていなかったのだろう。

確かに、ミレイアの企《たくら》みを知らなければ、リリアナ本人に聞けないどころか、この男に会わせようなんて思いもしない。胸飾《ブローチ》りという証拠のせいで、間違いなく疑っていたはずだ。

こんな最低なことを……。

ミレイアは焦ったような驚いたような表情で、俺の顔を見ている。

何か言いたそうに口を開きかけたその時、カルロスが喋《しゃべ》り始めた。

「あの、呼んでくるということは、いらっしゃるのですか?」

大袈裟《おおげさ》なくらい大声を出すカルロス。

早くここから帰りたいのだろう、俺も早く終わらせたいよ。

「ああいるよ、先程も言ったように明日は結婚式だ。今はお茶会の準備をしている」

「そうでございましたか。いらっしゃる……」

「ああ」

「公爵様、大変失礼いたしました!!」

カルロスは、大きな声で謝ったかと思うと深々と頭を下げた。

続けて、誰に言うでもなく声を荒らげている。

「あの女、騙《だま》しやがったな！　いや最初からおかしいと思ってたんだよ。フォルティス家のお嬢様がうちなんかに……くそっ騙されたか！」

「どうした？　騙されたとは？」

「え、どういうこと？　なんなの？」

意味がわからず苛《いら》ついているのか、ミレイアは早口になっている。

「はい公爵様、わたくしも若干ながら、その女のことを怪しく思っておりまして、本日ここに連れてきております」

「何ですって！」

ミレイアは、カルロスの声が消えてしまうくらいの大声をあげた。

✧
✧
✧

「公爵様、少々お待ちいただけますか」

カルロスは焦った様子で頭を下げ、ミレイアの声を無視して裏口から外に出て行った。

後ろでは、ミレイアが何かぶつぶつと言っている。

しかし、ちゃんと逃がさずにおいたかカルロス。日和見《ひよりみ》するかと心配だったが、杞憂《きゆう》に終わってよかった。

『アラクネ』に行ったあの日、カルロスから、まだピンク石の胸飾り《ブローチ》を見ていないという話を聞いた。

あれは、俺からリリアナへの婚約祝いの贈り物……と周囲に思わせているので、一番重要度が高い。リリアナが娼館《しょうかん》に行った証拠にするには、文句なしの品物だ。

その胸飾りを『アラクネ』に渡した日、きっとその日が、偽者《にせもの》が来る最後になるだろうと俺は考えた。

カルロスに胸飾りの詳細を話し、女がそれを金銭代わりに置いていこうとしたら、何としてでも足止めするようにと頼んでおいた。

確保することが出来たなら、何時でもよいので我が屋敷に早馬を飛ばすように。もし、その間に女が抵抗するようなことがあれば、部屋に鍵をかけて軟禁してもよい。あとの責任は俺が持つと約束までした。

そして、連絡が来たのが一昨日の夜中。というより、昨日未明。

流石《さすが》にその時間だ、どうやっても付いていくと言うクロードと一緒に、ローリン地区へと急いだ。

リリアナの偽者は、乱れた格好のまま酒の匂いをさせ、ひどい格好でベッドの上に転がっていた。女は、胸飾りをカルロスに渡し『少しお待ちいただけますか？』の言葉に頷《うなず》いたかと思うと、すぐに寝転がりいびきをかき始めたらしい……。

誰がこんな女をリリアナと間違うものか！

怒りをぶつけるのが今回の目的ではない。わかっていても不愉快で眩暈《めまい》がした。

クロードに促され、女が寝ている部屋から出たが、本当に偽者がいるのだという現実を目《ま》の当たりにし、すぐには身体《からだ》の震えが止まらなかった。

その後、女をローリン地区内の宿泊宿に運んだ。

目覚めた女に『宝石の盗難容疑がかかっている』と告げると、何も喋《しゃべ》りませーんと、自ら宿に籠《こも》ってしまった。

部屋の前に見張りをつけ、逃がしたらどうなるかとカルロスに念を押した。

そして金曜、フォルティス家へ現金を回収に行く日。

必ず、その女を連れて来るようにと頼んでおいた。

もし、女が逃げてしまったとしても、別に構わなかった。あの胸飾り《ブローチ》さえあればなんとでもなる。その自信があった。

しかし、リリアナの偽者《にせもの》は来ている。

さて、この場所で偽者女は何と言うのだろうか……。

気づけば、何かを呟《つぶや》いていたミレイアの声が聞こえなくなっていた。

ゆっくり後ろを振り返ると、大きな目を見開き、裏口を睨《にら》みつけるミレイアの姿があった。

今までに見た事のない、唇の両端を下げた表情。

頬は紅潮していて、今にも全身から湯気が出そうだ。

「ミレイア、大丈夫か？」

「……」

俺の呼びかけに反応せず、ミレイアはただじっと裏口の扉だけを見つめている。

「ミレイア？」

二度目の呼びかけにハッと息を吐き、大きな瞳をパチパチっと瞬《またた》いた。

「あっ、おにいさま……」

それだけ言うと、また扉のほうを向いて黙ってしまった。

ミレイアの瞳が潤んでいる。

長い睫毛《まつげ》が濡《ぬ》れ、大きな青い瞳が涙に浮かんでいる。

これはどういう感情なんだ？

やりすぎてしまったと後悔しているのか？

それとも、自分の目論見《もくろみ》がばれるのが怖いのか？

何にせよ、君がやったことは絶対に許さない、勝手に涙ぐんでてくれ。

立ちすくむミレイアの肩を、俺は両手でわざとらしいくらい強く摑《つか》んだ。

「安心しろミレイア！　リリアナの名前を騙《かた》る奴《やつ》がいたようだが、すぐわかるような嘘《うそ》を考える間抜けだ。私に任せてくれ、何も心配することはないよ」

「……はい、ありがとうございます……」

いつも嫌になるくらい見てくるのに、今は全く目を合わせない。

発する声も小さく、答えるとすぐに下を向いてしまった。

そんな姿を見ても、何も声をかける気さえ起きない。

その時、裏口の向こうから、バタバタと誰かが走ってくる音が聞こえた。

「ハァ、公爵様……ハァ……大変お待たせして……ハァ」

顔を真っ赤にして肩で息をするカルロスと、そのカルロスに腕を摑まれ、ぼさぼさの髪で同じく息を切らす女が裏口に現れた。

ミレイアはグッと身体《からだ》を強張《こわば》らせ、俺から離れるように後ずさる。

明るい場所で見るリリアナの偽者《にせもの》はひどいものだった。

ぼさぼさの乱れた髪、目の周りは黒く汚れ、肌はくすんでいる。昨日から一日経《た》っていると
いうのにまだ酒の匂いがしていた。

女はキョロキョロと落ち着きない様子で、庭園内を見回している。

そして、突然何かを見つけたように目を見開くと、嫌な笑みを浮かべた。

ミレイアを見ている……。

ステラが屋敷で、フォルティス夫人とこの女を見かけたと言っていた。その時、ミレイアと
会っていたのかもしれない……。

「カルロス早かったね。その横の女性は？」

「公爵様……こちらが『リリアナ』と名乗る女でございます」

「ハッ、よくもそんな戯言《たわごと》が言えたもんだ。なあミレイア？」

大袈裟《おおげさ》に笑い、わざと名前を呼びながら後ろを振り返った。

ミレイアは一段と離れた場所で、爪の色が変わるほどドレスの端を摑んでいた。

顔を伏せ、俯《うつむ》いたままで僅かに唇を動かすのが見える。

「ミレイア？」

「……気分がすぐれません……部屋に戻ってもよろしいかしら……」

微《かす》かな声でそう告げると、俺の返事を聞かずにミレイアは振り返ろうとした。

思わず腕を摑《つか》む。

このまま部屋に戻るだと？　逃がすものか！

「大丈夫か？　姉の名前を騙《かた》ったあの女が怖いのかい？　私がいるから大丈夫だよ」

「でも……」

でも……か。ミレイア、俺は君に最後の機会《チャンス》を与えていた。

あれに気づき、今回の計画をやめていれば、これ以上追及するつもりもなかった。

もちろん、今までのことを許すということではない。

結婚式にだって出てほしくない。

でも、リリアナの妹であるという事実を考えると、そういうわけにはいかないと考えていた。

それに、式さえ終わればリリアナはこの屋敷を離れる。

自ら会おうとしない限り、ミレイアと会うのは年に数回程度だろう。

だからこそ、万が一思い直してくれれば、これまで君がやろうとしたこと、俺がやり直して回避してきた出来事、その全てに目を瞑《つむ》ってリリアナのために我慢しようと思っていたんだ。

しかし……こんな馬鹿げた企《たくら》みを君は実行してしまった。

自分の姉を娼館《しょうかん》通いに仕立て上げようとするなんて、低俗で下劣な行為だ。

後先も考えず、よくもやってくれたもんだ。

母親のジュリアが関与しているのは間違いないが、そんなことは言い訳にはならない。

十五歳でまだ子供だからなんて甘く見なくてよかったよ。最低だ。

「おにいさま、手を離してくださいませ」

感情が昂《たかぶ》り、いつの間にかミレイアの腕を強く摑んでいた。

真っ白な腕が赤くなっている。

細い腕から手を緩めようとした瞬間、つぶれたような大声が聞こえた。

「ミレイア！　前に会ったよね？　ねえお母様を呼んできてくださいな。あたし言いがかりをつけられて困ってるんだよ、見てただろ？」

カルロスの横で息を切らしていたリリアナの偽者《にせもの》が突然声をあげた。

今にもこちらに走ってきそうな雰囲気だが、カルロスが必死で押さえ込んでいる。

「聞こえてんだろお嬢さん！　もうあたし帰りたいんだよー早くあんたのお母様を呼んできてよぉー」

「こらやめろ、静かにしないか」

ぼさぼさの髪を振り乱して大声を出す女の両腕を、真っ青な顔色のカルロスが摑んでいる。

「いやぁぁぁぁ!!」

凄《すご》い力でミレイアが俺の腕を振りほどいた。逃げられる！

ドレスの裾を大きく翻《ひるがえ》し、屋敷に向かって走り出したかと思うと、通路にはいつの間にかハンナが立っていた。

「ハンナぁぁぁ」

ミレイアは子供のように甘えた声をあげながらハンナの胸に飛び込んだ。

くっそ、面倒くさい女まで来てしまった。あまりに騒がしいから、様子を見に来たのか。

ここで片をつけるしかない……。

ポケットの中にあるピンク石の胸飾り《ブローチ》を握りしめ、大きく息を吸い込んだ。

「ミ……」

「ごきげんよう、ローデリック公爵」

声をかけようとした瞬間、ハンナの後ろから突然フォルティス侯爵が姿を見せた。

ここに居る全員が息を呑《の》むのがわかった。

ハンナは驚きのあまり振り返ることが出来ず、ミレイアもビクッと肩を震わせ、ハンナの胸に更に顔を埋《うず》めた。

ミレイアの告白

「フォルティス侯爵！」

「ローデリック公爵、リリアナと庭でお茶会を開いていると聞いて、ちょっと挨拶《あいさつ》にと思ったのです……ん？」

侯爵は、軽く会釈をしたあと、辺りをきょろきょろと見回した。

「おや？　お茶会はこちらではないのかな？　それに、そこにいるふたりは……」

裏口の前にいる乱れた姿の二人を見て、侯爵は怪訝《けげん》そうな表情をした。

真っ青な顔をしていたカルロスは、更に血の気《け》が引いたのか顔色が真っ白になっている。

横の偽《にせ》リリアナは相変わらずで、攻撃的な目をこちらに向け、ミレイアと侯爵、そして俺の顔を薄ら笑いを浮かべながら見ていた。

どうしてフォルティス侯爵がここに……。

サフィロ子爵夫人とは会わなかったのか？

今日、屋敷から一緒に来たもう一台の馬車には、サフィロ子爵夫人が乗っていた。

先日のサフィロ家訪問の際、夫人からサフィロ家の現状とジュリアの話を聞き、このままではいけないとずっと考えていた。

そして思いついた。

俺が死んでしまうはずだった今日、結婚式の一日前。

間違いなく新婦の父であるフォルティス侯爵は屋敷にいる。

この日なら、サフィロ夫人と面会することが出来るのではないか……そう考えた。

フォルティス家に来る前に、侯爵宛《あて》の手紙をクロードに託していた。

手紙には、先月サフィロ家に出向いたこと、差し出がましいようではあるがサフィロ子爵夫人と話してほしいということ。それが、義理の息子になるレイナード・ローデリック生涯一度の頼みである……と、綴《つづ》った。

しかし、伝わらなかったか……。

サフィロ子爵にはまた悲しい思いをさせてしまった、申し訳なく口惜《くちお》しい……。

そう考えていると、フォルティス侯爵と目が合った。

侯爵は俺から目を逸《そ》らさず、真剣な表情で胸に手を当てて深々と頭を下げた。そして、顔を上げたあとも、再度頭を下げるように大きく頷《うなず》き、微笑《ほほえ》んだ。

これは、サフィロ夫人と会ったに違いない！　よかった。

しかし、二人はどこまで話せたのだろう……。

「侯……」

「おとうさまぁぁぁ――」

その場の空気を突然引き裂いたのは、ミレイアの叫び声だった。

ハンナの胸から飛び出すように離れ、フォルティス侯爵の元へと駆け寄っていく。

侯爵がカルロスたちの方向を見ないように、視線を誘導しながら胸に縋《すが》りついた。

「おとうさまぁ、ミレイア怖かったあー」

「どうしたミレイア、何があったんだい？」

「わかんない、酔っぱらった人が迷い込んできたみたい」

しれっと嘘《うそ》をつくミレイアに、加勢するようにハンナが続けて声をかけた。

「旦那《だんな》様、ミレイアお嬢様は大変驚かれ、疲れていらっしゃいます。ご一緒に屋敷へ戻っていただけますでしょうか？」

ハンナが言い終えると、ミレイアはもう一度侯爵の胸に顔を埋めた。

なんて姑息《こそく》なことを。

ここで侯爵がミレイアを連れて行ってしまったら、全てが台無しだ。

なんとかしなくては。

フォルティス侯爵に向かって一歩踏み出すと、今度はリリアナの偽者《にせもの》が声をあげた。

「ねえ！　あんたがジュリアの旦那ぁ？　いま泣いてるお嬢ちゃんはミレイアでしょー知ってるのよぅあたし。そんなのどうでもいいからさーはやく奥さん呼んできてよー」

唐突なその声に、ミレイアは目を大きく見開いて、父親である侯爵を見上げた。

下唇をギュッと嚙《か》みしめ、更に強く抱きつく。

「おとうさまぁ……怖いわ」

「怖いわぁ……だってさ！　面白いねえ。あんたの部屋でジュリアとお茶したじゃない！　ぬいぐるみと洋服だらけで子供みたいな部屋だったねえ」

「……」

リリアナの偽者《にせもの》は構わず大声で話しかけている。

フォルティス侯爵はミレイアの頭を優しく撫《な》で、身体《からだ》に抱きついている細い腕を離した。

そして、リリアナの偽者の姿をしっかりと確認すると、不快感をあらわにした。

「すまないローデリック公爵、君にはこの状況が？」

不安そうな声で訊《たず》ねた侯爵は、もう一度リリアナの偽者を確認し、額を押さえた。

✧
✧✧

「うーん……」

フォルティス侯爵は、小さく唸《うな》ったあと、腕を組んで考え込んでしまった。

俺は、胸飾《ブローチ》りのこと以外、全て侯爵に話した。

ミレイアに呼ばれてここに来たこと、集金に来たという謎の男。

そして、その男が連れてきたリリアナと名乗る女。

あの女が屋敷に詳しいのは、本人が言うように、以前この屋敷に来たことがあるのではないか？　ジュリア夫人は、何らかの事件に巻き込まれているのではないか？　と、あえてジュリアの名前を出してフォルティス侯爵の動揺を誘った。

リリアナの偽者は、カルロスに押さえつけられている。異様な光景だ。

ミレイアはというと、ハンナの後ろに隠れ、屋敷の廊下へ少しずつ移動していた。

この状態で逃げる気か？

「ハンナ！」

大きな声をあげたのはフォルティス侯爵だった。

廊下に向かっていたミレイアは肩を震わせ、その場で固まってしまった。

「ハンナ、ジュリアを呼んできてくれないか」

「……奥様をでございますか？」

突然声をかけられたハンナは、目に見えて動揺している。

ミレイアと侯爵の顔を交互に見て、眉間に皺《しわ》を寄せた。

「聞こえなかったのかハンナ、ジュリアを呼んできてくれ。夫の私が呼んでいる。懐かしい来客が来ているとも伝えてくれ」

「旦那《だんな》様、お言葉ではございますが、ジュリア様はその女のことはご存じないと思われ……」

「ハンナ！」

フォルティス侯爵が更に大きな声を出した。

「おーこわ」

後ろでリリアナの偽者《にせもの》が茶化したように言う声が聞こえた。

カルロスは更に女を芝の上に押さえつける。

侯爵は振り返りもせず、真《ま》っ直《す》ぐにハンナを見つめ、話を続けた。

「誰があんな女のことを言った？　客人が来ていると言っているだろう。リリアナの祝いのために遠方から訪ねてこられたのだ、もちろんジュリアにも関係がある人物だ。くだらないことを言わずに早く呼んで来い！」

「……かしこまりました」

ハンナは口を真一文字に結び、侯爵と俺に頭を下げ、ミレイアの背中を支えながら屋敷内に続く廊下に進もうとした。

「ミレイアはここにいなさい」

フォルティス侯爵の呼びかけに、ミレイアとハンナ二人の足が止まる。

しかし、すぐには振り返らない。

「ミレイア、こちらに来なさい」

侯爵の厳しい声に、ミレイアは小さな肩を震わせながら振り返り、ハンナから離れた。

誰とも目を合わせず、ふらふらした足取りでミレイアは侯爵に近づいていく。

そんなミレイアの背中を見つめていたハンナは、しっかりと頭を下げて、屋敷の廊下へと駆けて行った。

「おとうさま……」

相変わらず泣き出しそうな顔のミレイアに、侯爵は穏やかな声で話しかけた。

「大きな声を出してすまなかった、客人はミレイアにも関係あるんだよ。ジュリアが来たら一緒に挨拶《あいさつ》をしよう」

「お母様と一緒に？」

フォルティス侯爵は優しい顔で頷《うなず》き、ちらりとリリアナの偽者に目をやった。

カルロスに押さえられたリリアナの偽者は、芝の上に跪《ひざまず》いた状態でいつの間にか舟をこいでいる。呆《あき》れるほかない、本当にどうしようもない女だ。

しかし、カルロスも精神的に限界なのか、今にも倒れそうな顔をしていた。倒れると面倒だ、もう少し堪《こら》えてくれよ。

侯爵に向き直ると、ミレイアが芝生の上に座り込んでいた。

「こらミレイア、立ちなさい」

「もういやだぁー」

頼りのハンナが居なくなり、為《な》す術《すべ》がなくなったのか、ミレイアはとうとう泣き始めてしまった。

今までは泣くことでわがままを通してきたのかもしれないが、そうはいかない。

俺はポケットに手を入れ、ピンク石の胸飾り《ブローチ》を握りしめた。

すると、それに同調するかのようにミレイアがまた大きな声をあげた。

「ミレイア誰にも会いたくないぃ！　明日の結婚式も出たくないっ！」

「どうしたんだい、体調でも悪いのか？」

フォルティス侯爵が優しい声をかける。

「違うのっ！」

ミレイアが大きく頭を振り、美しい金色の髪が少し乱れる。

芝生の上に座り込んでいるせいで、ドレスの裾が汚れてしまっている。

「もういやなの！　結婚式が嫌っ！」

「ミレイア、どうしたのだ突然？　リリアナの結婚をあんなに喜んでいたじゃないか」

「だってぇぇ――――うわぁぁ――――――んん」

ミレイアの大きな瞳からポロポロと涙がこぼれ落ちる。

目論見《もくろみ》がうまくいきそうにないのでヤケになっているようにしか見えない。

ミレイアの頭を優しく撫《な》でるフォルティス侯爵は、困ったような呆《あき》れたような表情をしているが、まだ愛《いと》しい娘を見る父親の顔だ。

ミレイアは子供とはいえもう十五歳、それが座り込んで駄々をこねている。

よくもこんなわがまま娘に育ったものだ……と、父親なら思わないだろうか？

自分の娘が可愛《かわい》いのはわかるが、溺愛《できあい》にもほどがある、馬鹿らしい。

侯爵の態度に失望し、無意識に大きなため息が出てしまう。

その時、ミレイアがとんでもないことを言い始めた。

「おにい……レイナード様が好きなのおぉぉ――――」

「えっ？」

侯爵と二人、顔を見合わせた。

✧
✧✧

突然の告白に、侯爵が動揺しているのがわかる。

「失礼いたします……」

その時、背後から声がした。

振り返ると、リリアナとクロード、その横にはサフィロ夫人が立っていた。

騒ぎに気づいたサフィロ夫人は、座り込むミレイアの姿を見てハッと息を呑《の》み、眉を顰《ひそ》めて顔を伏せた。

リリアナは困惑に頬を強張《こわば》らせ、クロードは驚くほど無表情だ。

「好きなんだも――――ん――――うあぁぁぁ――――ん」

芝の上では、周りなんて全く気にしていないミレイアが泣き続けている。

その様子を見ていたフォルティス侯爵は、今度は俺に不信感を持った視線を投げかけてきた。

まさか、俺とミレイアとの仲を疑っているのか？　いい加減にしてくれ。

瞬間、苛立《いらだ》ちが表情に出たのだろう、侯爵は慌てて視線を逸《そ》らし、そこでやっとリリアナたちが来ていることに気が付いた。

「レイナード、お父様……これは……」

不安そうなリリアナの声に、やっと現状を理解した侯爵は、軽く咳払《せきばら》いをして姿勢を正した。

「あ、ああ、すまないリリアナ。そしてサフィロ夫人もお待たせしてすまない」

「わたくしは大丈夫ですわ侯爵。今もリリアナお嬢様に、お庭を案内していただいたところなんです」

サフィロ夫人はそう言うとリリアナを見て微笑《ほほえ》み、リリアナも夫人を見て笑顔を返した。

フォルティス侯爵は、二人の話を聞きながらも、目線はミレイアに向かっている。

ミレイアは誰が居ようと全く構わないといった様子で、泣き叫ぶことをやめない。

リリアナは、そんな父の目線を追ったあと、口を開いた。

「お茶の準備が出来ましたのでレイナードを迎えに行こうとしていたところ、サフィロ子爵夫

人とお会いしましたの」

「とても素敵なお嬢様ですわね、フォルティス侯爵」

「ありがとうサ……」

侯爵の言葉をかき消すように、ミレイアが大きな声をあげた。

「ずっとレイナード様が好きだったのぉ――!! お姉さまの婚約者だとわかっていたから、気持ちをごまかすためにずっとおにいさまって呼んでただけなのっ! でも、もう我慢しない。ねえお姉さま、本当にレイナード様のこと好き? お姉さまには縁談の話が全然なかったから幼馴染《おさななじみ》のレイナード様と婚約しただけでしょ?」

「何を言ってるんだミレイア!」

ミレイアを窘《たしな》めようとフォルティス侯爵が大声をあげた。

しかし、ミレイアの口は止まらない。

「わかってるの! 本当はレイナード様だってミレイアを可愛《かわい》いと思ってるってこと。だってお姉さまがいないところでもいつも凄《すご》く優しかったのよ。年齢の順番があるからお姉さまと婚約しただけなの。でも、そんなのお姉さまは気にしないわよね、本当は勉強がもっとしたいんでしょ? いつもそう言ってるじゃない! ね、結婚はやめましょ?」

突然手を伸ばし、ミレイアはリリアナのドレスの裾を思い切り引っ張った。

その力は悪意を感じるほど強く、リリアナの足元がぐらりとよろめく。

「あぶない！」

バランスを崩したリリアナの身体《からだ》は、サフィロ夫人が抱きかかえるように支え、転倒を免かれた。後ろに居たクロードが、更に夫人の肩を支えている。

その時ミレイアは、一歩踏み出した俺の足を摑《つか》んでいた……。

「サフィロ夫人ありがとうございます」

「いえ……」

「ミレイア、何をやってるんだ！」

フォルティス侯爵が大きな声をあげるが、ミレイアには全く効いていない。

ただ俺の足をしっかりと摑み、儚《はかな》げな表情でじっとこちらを見つめている。

この状況に、侯爵はまたミレイアと俺の顔を交互に見て、額に皺《しわ》を寄せた。

可愛い娘の言うことに不信感が戻ってきたのか、疑念の表情が濃くなっている。

「レイナードさま……」

甘えた声でミレイアが呼びかけてくる。

摑まれた足から一気に全身が粟立《あわだ》つのを感じた。

もうどうでもいい。

「ミレイア」

「はい、なんですかぁ？」

「手を離してくれないか」

「あ、ごめんなさぁい……ねえレイナード様。ミレイアの気持ちわかってくださいました？」

「ああ十分にわかったよ」

「本当に!!」

なぜか喜んでいるミレイア。君の頭の中はどうなっているんだ？

足から手が離れた瞬間、すかさずリリアナの横へと移動した。

フォルティス侯爵は、目の前の展開を全く受け入れられないという様子だ。

リリアナは眉間に力が入り、サフィロ夫人は、明らかに悲しそうな表情をしている。ミレイアの姿を見てどう思ったのだろう。カルロスたちは……まあいいか。

俺は曇った表情でいるリリアナの額《おでこ》に軽く口づけた。

リリアナは、大きく瞬《まばた》きをしたあと、少しだけ頬を緩ませた。

こんなに苦しそうな顔をさせていては駄目だ。早くこの状況を終わらせなければ……。

ミレイアは不機嫌そうな顔でこちらを睨《にら》みつけている。

なぜかフォルティス侯爵も同じ表情だ、勘弁してくれ。

俺は大きく息を吸い込んで、ミレイアに声をかけた。

「ミレイア。君の父上、私にとってもこれから義理の父親になる侯爵がいる前だから、なかなか言えずにいたが……はあ……君に優しいだって？　そんなのリリアナの妹だからに決まってるだろ。そうでなければ、君と話すことなんてないよ」

「嘘《うそ》っ!!」

「何が嘘なんだ？　はっきりといま、目の前で話しているのにわからないのか？　馬鹿なことを言わないでくれ。俺が愛しているのはリリアナだけだ」

「ミレイアのほうが……！」

「ミレイアのほうが何なんだ？　可愛《かわい》いと周りから言われているのかもしれないが、俺からすると全然だ。見た目を着飾ることばかりに必死で頭は空っぽ。初等学校にさえ行っていない、俺には理解できない人間だ。まあ、君のことを理解したくも知りたくもないけどね」

一瞬その場が静まり返った。

風さえ止まったような気がした。

しかし、全く後悔はない。まだ言い足りないくらいだ。

クロードが目を丸くしている。親友のあんな顔を見るのははじめてかもしれない。

さて、どうするか……。

「ひどい！　ひどい！　ひどい！　ひどいぃぃぃぃぃ!!」

座り込んだままのミレイアが、こちらに向かって足元の雑草を投げつけてきた。

耳に突き刺さるようなキンキン声で、泣いているのか叫んでいるのかわからない。

フォルティス侯爵は、困惑の表情で俺を見ている。

いま言った言葉に、全く後悔はない。

ミレイアとの関係を疑われているのも心外なので、侯爵からの視線を逸《そ》らさず、真《ま》っ直《す》ぐ見つめて首を横に振った。

フォルティス侯爵はやっと理解したのか、胸に手を当て俯《うつむ》いてしまった。

そのまま深々と頭を下げるが、なかなか顔を上げることが出来ない。

父親のそんな姿を見ていたミレイアは、突然立ち上がり、今まで以上に大きな声をあげた。

「お父様も、レイナード様も、騙《だま》されてるっ!!」

✧✧✧

フォルティス侯爵が顔を上げた。

唖然《あぜん》とする父に、ミレイアは文字どおり飛びついた。

「だって！　おかしいのよ、お父様！　レイナード様からの贈り物を、あの男が持ってたんだもん!!」

ミレイアは裏口の方向に振り返り、カルロスを指さした。

突然注目を浴びたカルロスだが、リリアナの偽者《にせもの》と一緒にくずおれていて、こちらの会話に全く反応がない。

リリアナの偽者は芝の上で寝てしまったようだが、それを押さえているカルロスは多分起きている。これ以上巻き込まれたくないのだろう。

「いったい今度は何の話だミレイア」

全身で大きなため息をつきながら、フォルティス侯爵がミレイアに訊《たず》ねた。

「だーかーらーあの男がお姉さまの胸飾《ブローチ》りを持ってたの、おかしいでしょ！　お姉さまが手放してたってことなのよ。勉強が出来るからってみんな騙されてるわ!!」

どうだと言わんばかりに自慢気な表情のミレイアだが、全く的を射ない発言に、フォルティス侯爵は頭を押えている。

「どういうことだ……ローデリック公爵、なにかご存じか？」

「はい、多分これのことだと……」

俺はポケットから、あのピンク色の大きな石がついた胸飾りを取り出した。

侯爵が訝《いぶか》しげに胸飾りを見つめる。

ミレイアが更に声のトーンをあげ、嬉《うれ》しそうにこちらを指さした。

「そう、それよレイナード様！　お父様！　両家の名前入りの宝石なのよ、それが外部に出てるなんてありえないでしょ」

勝ち誇ったように金髪を後ろにはらい、ミレイアは満面の笑顔で首を傾《かし》げてみせた。

やっぱり君は大馬鹿だ、ミレイア。

皆の前ではっきりと拒絶したあと、泣き叫んでいたからもう諦めたと思っていた。あとは、父である侯爵に任せよう、そう考えていたのに……。

怒りを抑えながら、フォルティス侯爵に向き直る。

侯爵は、可愛《かわい》い娘の変貌と、話す内容の不可解さに疲労の色が隠せない。

「フォルティス侯爵、大変失礼とは存じますが、あなたはご自分の家族をどこまで理解されているのでしょうか？　リリアナとミレイアの姉妹関係。更には奥様であるジュリア夫人についても……」

「突然何をローデリック公爵……ミレイアは御覧のとおりわがままだが、今のはちょっとした姉妹喧嘩《しまいげんか》みたいなもの。そうだ！　大好きな姉が結婚してしまうから、気が動転しているだけで……失礼を、許してやってはくれないか？」

力のない笑顔で取り繕うように答える侯爵に、辺りは気まずい空気に包まれる。

わがままだと？

ここまでひどい状況なのに、よくそんなことが言えたものだ。

リリアナは父から視線を逸《そ》らし、真剣な面持ちのサフィロ子爵夫人は、フォルティス侯爵から目を離さない。

「そうですか、わがままですか」

「ああ、そうなんだ。ふたりは本当に仲が良い姉妹で……」

「ふたりの仲が良い？　失礼ですが侯爵、あなたは仕事のため常に他国へ飛び回っていますね。もちろん、その能力や人望の厚さは、大変尊敬するものがあります」

「そんな……」

「ですが！」

未《いま》だ状況を理解できず、口先だけの言葉でこの場を収めようとするフォルティス侯爵の話を遮った。

俺の大声にリリアナは顔を上げ、得意満面の様子だったミレイアは目を見開いている。

「フォルティス侯爵。残念ながら、あなたには家族が見えていない。屋敷の使用人たちに、リリアナとミレイアの関係を聞いてみるといい。誰ひとり、ふたりの仲が良いなんて言う者はいませんよ。あと、奥様であるジュリア夫人。彼女のことを病弱でおとなしいと思っている者もいないのではないでしょうか」

「なんとローデリック公爵！　ミレイアは本当に無礼をして申し訳ないと思っている。だが、私の妻のことまで言うのはおかしいのではないか！」

今まで身体《からだ》を小さくしていた侯爵が、身を乗り出すような体勢になった。壮年とはいえ体格の良さは迫力を感じる。

真《ま》っ直《す》ぐにこちらを見つめる瞳の奥に怒りが見える。

ああ、侯爵は本当に知らないのか。熱心に働き、家族を愛し、そして信じている男……。

そういえばリリアナは、父である侯爵をよく自慢していたな。

少し不憫《ふびん》に思ったが、だからと言ってミレイアを許すことは出来ない。

フォルティス侯爵は一瞬だけ俺を睨《にら》み、慌てたように頭を下げた。

「大変失礼いたしました、ローデリック公爵……」

「いえ大丈夫です。私も話を急ぎすぎてしまった。ただ、今から話すことは、侯爵をもっと不快な気分にさせると思います」

「もっと……？」

フォルティス侯爵は、額に力を入れた。

「はい。ですが、これは私とリリアナにとって、とても重要なこと。あなたには父親として、聞いていただきたい、よろしいですか？」

父親として……と言われて動揺したのか、侯爵の視線が落ち着きなく動いている。

その不安げな瞳を、正面から強く見つめた。

侯爵は、ここに至るまでのおかしな状況、リリアナや周囲の様子に何かを察したのか、肩を落として頷《うなず》いた。

ようし、これでやっと話が進む。

右手に握りしめていた胸飾り《ブローチ》を、手のひらの上に置いてくるりと裏返した。

つまらなそうに父親の陰で押し黙っていたミレイアは、胸飾りを見た瞬間に表情を明るくし、

身を乗り出した。

なぜ今、そんな顔が出来るのか……。

そんなに待ち遠しかったのなら、見せてやろう。

ミレイアの目の前に、裏返した状態の胸飾り《ブローチ》を突き出した。

「ミレイア。この胸飾りに刻まれた古代文字、読めるのかい？」

「わかるわよ！　ふたりの名前と愛を誓う言葉でしょ？　そんなの読めるわ」

「それはハンナから聞いたのではないか？」

「どうしてよ！　読めるったら」

「そうか、本当に残念だよ」

今にも寄りかかってきそうなミレイアを、よけながら後ろへ下がる。

横に居たフォルティス侯爵は、彫られている文字を読もうとして首を傾《かし》げている。

侯爵は、ミレイアを下がらせて近づいて来た。

「ローデリック公爵。その胸飾りを私にも見せてもらえるかな？」

「はい、どうぞご覧になってください」

フォルティス侯爵はそうっと手を伸ばし、大きな胸飾りを自分の両手で持った。

目を細め、刻まれている文字を無言で読んでいる。何度か確認したあと、小さく頭を振ってため息をついた。

侯爵は、期待に満ちた表情のミレイアを真《ま》っ直《す》ぐに見つめた。

「ミレイア、古代文字はもちろん読めるんだな？」

「もちろんですわお父様！　初等学校には行ってなくても家庭教師に習っていますもの。この国の貴族の娘なら当たり前のことでしょ」

自信満々なミレイアの言葉に侯爵はうんうんと頷《うなず》き、胸飾りの後ろに刻まれている文字を、突然読み上げ始めた。

「『ミレイアへ、これを読んだなら思いとどまってほしい。君は最低なことをしようとしている。僕は気づいているよ　レイナード・ローデリック』」

「は？　どうしたの、お父様？」

「この胸飾りに刻まれている言葉だよ、ミレイア」

「嘘《うそ》っ！」

「嘘じゃない、本当だ。他の人にも読んでもらうかい？」

「何よ！　みんなでミレイアをいじめるのね！　ひどいっ！」

大声を出したミレイアは、フォルティス侯爵の手から胸飾りを取り上げると、芝の上に思い切り叩《たた》きつけた。

胸飾りは芝の上で微《かす》かに跳ね、リリアナの足元に留まった。

あ……これは、はじめて見た夢と同じ場面だ……。

あの時地面に投げつけたのは俺。

そして、胸飾《ブローチ》りは違うものだが、全く同じようにリリアナの足元に転がっている。

この時、完全に運命が変わったのを感じた。

リリアナは、自分の足元に転がった胸飾りを黙って見つめている。

ミレイアは胸飾りを投げただけでは気が収まらないのか、ドレスを強く握りしめていた。

「ミレイア、俺は君に踏みとどまってほしいと思った。だからチャンスを与えたんだよ。しかし君は実行した、最低なことをしたんだ」

「もう！　う・る・さ・い！　みんなでミレイアのこと馬鹿にして！　からだが弱くて学校いけなかったの知ってるでしょ、ひどい!!」

「いい加減にしなさいミレイア！」

フォルティス侯爵がミレイアの腕を摑《つか》んだ。

ミレイアは、その手を凄《すご》い力で払いのけ、父親の顔を睨《にら》みつけている。

それでも侯爵は続けた。

「いい加減にしろと言ってるだろミレイア！　どういうことかは全くわからんが、お前が古代文字を読めないことは理解した」

「お父様まで馬鹿にしないで！」

「ハァ……お前には王太子から直々《じきじき》に王太子妃候補の招待状が来ているんだ。しかし、古代文字さえ読めないとなると……」

侯爵のその言葉を聞いて、ミレイアはふんっと鼻を鳴らした。

「別にいいわよ。あんな小太りで不細工な男に嫁ぐ気なんてないもんっ！」

「なんてことを！」

フォルティス侯爵は、ミレイアの言葉に頭を抱えた。

最低な発言に最悪の態度だ。開き直って逆切れしたうえに、胸飾りに刻まれた文章のことは完全に無視。挙句に王太子の悪口を言って、悪びれもしない。

呆《あき》れる周囲に気づかないのか、ミレイアは構わずペラペラと喋《しゃべ》り続けた。

「だーかーらーレイナード様がいいの！　お家《うち》は王室くらい立派だし、顔も格好いいでしょ。あんな間抜け顔の王太子がミレイアに釣り合うと思う？　返事なんてしなくていいわ。ミレイアは、素敵なお家で優しい旦那様《レイナード》と幸せに暮らしますっ！」

え……ちょっと待ってくれ？

俺に執着してたのって、そんなつまらない理由？

「レイナード様とミレイアの子供はきっと可愛《かわい》い子になるわ。ねっ、お父様」

ミレイアのお喋りは止まらない。

しかし、俺の耳にはもう一切聞こえてこない。

ただ、王太子がミレイアの好みじゃないから……？

リリアナを貶《おとし》め、今までの努力やこれから先の人生を全て壊そうとしていた理由が、そんな馬鹿みたいなことだと？

駄目だ、笑いがこみあげてきた。

どれだけ考えてもわからないはずだ。

ハハッ……

怒りで頭がぐらぐらするのに笑いが止まらない。

指先が冷え、両手が震えている。

くっそなんだこの女、こんなのに振り回されてたなんて……!!

目の前のミレイアは、何が楽しいのかわからないくらいご機嫌な様子で、父親であるフォルティス侯爵に捲《まく》し立てていた。

瞳がキラキラと輝き、声さえ聞こえなければまるで子供のようだ。

「いい加減にしなさい！」

突然、目の前を黒い影が横切った。

「痛いっ！　いたぁーい!!　やめてぇぇっ!!」

ミレイアの叫び声が中庭に響いた。

「痛い痛い！　痛いっ!!」

突然起こった出来事に、さっきまでの全身の震えがぴたりと止まる。

目の前には、顔の形が変形するほど頰を引っ張られたミレイアの姿。

そして、その頰を指先が真っ白になるほど力いっぱい摑《つか》んでいるのはリリアナだった。

「いたぁーぃーやめてったら！」

「あなたが馬鹿なことを言い続けるからよ!!　やめないわ！」

「だってそうだもん。ミレイアはレイナード様と幸せになるのっ！　お姉さまはあきらめてちょうだい、ねっ？」

リリアナの指先に更に力が入る。

「いたぁ――――っい！」

はじめて見る姉の剣幕と頰の痛さに、ミレイアは尻餅《しりもち》をついた。

リリアナはそんなミレイアを見おろし、ドレスの裾をバサッと払う。

転んでしまったミレイアに、手を差し出そうともしない。

「何を言っても無駄よ。私はレイナードを愛してるんだから！」

突然のリリアナの告白に、後ろにいたステラがなぜか拍手をしはじめる。

リリアナは頰を染め、耳まで真っ赤になっていた。

あの恥ずかしがりやのリリアナが、大勢の前で俺のことを！

その姿に、さっきまでの怒りやうんざりとした気持ちが一気に消え去っていた。

「リリアナ！」

我慢できずに、大声で名前を呼んだ。

リリアナはこちらを見て唇をぎゅっと結んでいる。

美しい深緑の瞳が、涙に揺れていた。

ああ、俺はリリアナに何をやらせているんだ。

もうこんな場所にいる理由はない。ミレイアの馬鹿げた企《たくら》みも阻止できた。

侯爵はまだ混乱しているとは思うが、結婚式が終わってから説明をすればよいだろう。

リリアナが愛していると言ってくれた……。

もちろん、俺もリリアナのことが死ぬほど……いや、一度死んだけど、死ぬまで愛している！

「愛してるよ、リリアナ！　大好きだ！」

俺の言葉に笑顔を見せたリリアナは、真《ま》っ直《す》ぐこちらに走ってきた。

大きく手を広げ、全身で受け止める。

リリアナは俺の胸に顔をうずめ、額をぐいぐい押し付けている。

若草が香る美しい髪を撫《な》で、丸い額にキスをした。

瞬間、辺りに金属のような音が響きわたった。

信じられないことに、それはミレイアの叫び声だった。

現状をやっと自覚して癇癪《かんしゃく》を起こしたのか、とんでもない声で泣いている。

フォルティス侯爵が申し訳なさそうな顔で近づいてきた。

「本当に……もう、何と言っていいか……」

背後で響く金属音の叫び声。

勝手にやっていればいい。関係ない、もう終わりだ。

リリアナの手を取り、俺だけを見つめる彼女の頬に口づける。

ここにいる必要はない。

「まあなにかと思ったら、ミレイアなの？」

この場から去ろうとした時、後ろから聞き慣れない声が聞こえてきた。

振り返ると、そこにはフォルティス侯爵夫人、ジュリアが立っていた。

フォルティス侯爵夫人　ジュリア

「あなた遅くなってごめんなさい。少し横になっておりましたの」

「大丈夫か？」

「ええ、お待たせしてしまって申し訳ないわ。ミレイア、あなたいったい何やってるの？　部屋に戻るわよ」

ジュリアは俺に気づき、軽く会釈をすると、泣き叫んでいるミレイアに呆《あき》れたように言った。

侯爵がハンナに言いつけてジュリアを呼んでいたんだ。すっかり忘れていた。

遅れて登場したジュリアは、大きなレースのつば広帽子をかぶっていた。

ローリン地区で見た時と同じで、目元ははっきりとわからない。

ただ、帽子の陰から見える彼女の顔は青白く、ぱさついた金色の髪も相まって、確かに体調はすぐれないように見える。

しかし、彼女の行動を知っているので、一気に嫌悪が沸きあがった。

「お母さまぁ――きいてぇ！」

「静かにしなさい！」

ジュリアは、ミレイアのほうを見てぴしゃりと言い放った。

途端にミレイアが泣きやんだ。先程までの奇声は何だったのだというくらい、ギュっと口を結んでいる。

その姿に、ジュリアはわざとらしくため息をついた。

「ここに来た時に少し話が聞こえたけど、あなたローデリック公爵にあそこまで言われるようなことしたの？　お部屋に戻って反省なさい」

感情のこもっていない声だ。

この場を取り繕って、早く屋敷に戻りたいというのだけがわかる。

ジュリアはそのまま視線をリリアナに移し、少しだけ目を合わせて顔を伏せた。

「リリアナ……。あなたがとても怒っているのが聞こえたわ、ごめんなさいね。駄目な妹をゆるしてあげて」

帽子で顔を隠したまま、ジュリアはリリアナの手を取ろうとした。

俺はリリアナの肩を抱いて後ろに引き寄せ、ジュリアから遠ざける。

宙に浮いたジュリアの青白い手。

その手を取ったのは、今まで何も言わずに全てを見ていたサフィロ子爵夫人だった。

「ジュリア、ひさしぶりね」

突然声をかけられたジュリアは、一瞬だけ身体《からだ》を固くした。

片手で帽子のつばを少し上げ、サフィロ夫人の顔を確認している。

「ごきげんよう。どこかでお会いしたかしら？」

そう答えると、表情を一切変えずに握られた手を離した。

それは、知らない人間に突然手を触られたというような、拒絶の行動に見えた。

もしかすると、ジュリアはサフィロ夫人のことをわからないのだろうか？

サフィロ夫人は凛《りん》とした姿勢を崩さず、無言のままでフォルティス侯爵へ目線を送る。

ミレイアのことで疲れ果てていた侯爵は、今度はジュリアの態度を見て驚きを隠せない様子だった。

「では、娘の具合が悪そうなので失礼いたしますわ」

そんな周りの空気が気にならないのか無視をしているのか、ジュリアは優雅にお辞儀をしたあと、くるりと屋敷の方向へ振り返った。

いつの間にか、ミレイアの横にはハンナが寄り添っている。

その光景をぽかんと眺めていたフォルティス侯爵が、慌てたようにジュリアを呼び止めた。

「待ちなさい！　その対応はないだろう、15年ぶりだぞ」

ジュリアは、15年という言葉にピクリと片眉を上げて振り返る。

「昔のことは忘れたい記憶ばかりですので、申し訳ございません」

「そうは言っても、君は世話になったのだろう！」

ミレイアに疲弊しきっていたのか、フォルティス侯爵はムキになったように声を荒らげる。

その横で唇の端を上げ「ほんの数か月でしたものね」と、サフィロ夫人が呟《つぶや》いた。

ジュリアは無言のままで、表情を全く崩さない。

サフィロ夫人もそんな姿を冷たい視線で見つめながら、侯爵に一歩近づいた。

「フォルティス侯爵。彼女を信じたい気持ちはわかりますが、一緒に暮らしたのは半年にも満たず、それに親戚でもありませんわ」

「あら、わたくし、あなたの身内だなんて言った覚えはございません。関係があるのはサフィロ子爵のほうです」

突然、ジュリアが切り返した。

「え？」

思いがけない言葉に、侯爵と俺は同時に声をあげて、顔を見合わせる。

そのあと、こぼれ落ちそうなほど目を見開いたサフィロ夫人とも目が合った。

ジュリアは呆《あき》れたような笑みを浮かべ、仕方がないといった雰囲気で話し始めた。

「わたくしサフィロ家のことを考えておりましてよ？　だから黙っていたんですの。あなたの夫であるサフィロ子爵が、わたくしを連れ帰ったあの日を覚えてますか？」

「覚えていますよ、忘れもしません……」

「あれは芝居なのです。わたくしは、サフィロが他の女に産ませた子供ですよ」

帽子につけられたレースの向こうで、ジュリアの目がスッと細くなる。

なんてことを言い始めたんだこの女は？

侯爵とサフィロ夫人は落ち着きを失い、二人して何度も顔を見合わせている。

二人のことを全く気にせず、ジュリアは続けた。

「わたくしの母とサフィロは恋仲でした。母がわたくしを産んで死んだあと、どうしても一緒に暮らしたいと、サフィロが考えた筋書きですよ。彼は母にそっくりな私をそれはもう可愛《かわい》がっていましたから……。でも、わたくしはあの屋敷でひどい目にあった……。それは、主人であるフォルティス侯爵もよく知っています。あなたの顔なんて覚えてなくて当然ですわ」

「よくもまあそんな嘘《うそ》ばかり！　あなたは！　当家《うち》に来た時は褐色の髪色だったじゃない！」

「いいえ、わたくしは生まれた時から金髪です。父譲りです。ご覧のとおりですわ」

そう言うと、少しくすんだ金色の髪を靡《なび》かせた。

頭が悪い女ではないとは思っていたが、まさかこんなことを言い出すとは……。

サフィロ夫人は額に手を当て、今にも倒れてしまいそうになっている。クロードが慌てて夫人に寄り添い背中を支えた。

フォルティス侯爵は完全に言葉を失い、妻に対して憐憫《れんびん》の眼差《まなざ》しを向けていた。

侯爵は、愛する妻の言葉を信じそうになっている……そう感じた。

サフィロ夫人の話から、ジュリアがフォルティス侯爵にどんな嘘をついたかは、薄々ながら想像できていた。

それがあるからこそ、ここにきて本当の真実を知ってしまったと考えてもおかしくないのかもしれない……それでも少しは疑ってくれ……！

予測していなかった事態に、今まで調べていたことをこの場で話す決心がついた。

リリアナをステラにまかせ、ジュリアへと近づく。

「こんにちはフォルティス侯爵夫人。レイナードです」

「ごきげんよう」

ジュリアは少しだけ微笑《ほほえ》んで会釈をした。

「リリアナが、植物学に長《た》けているということはご存じですよね」

「ええもちろんですわ。だってリリアナのことは本当の娘のように思っておりますもの。わたくしの自慢です」

「はい、私も彼女の人間性や考え方を尊敬しています。大変素晴らしい女性であり、彼女の夫となれることを光栄に思っています」

「まあ、明日の結婚式が楽しみですわね」

ジュリアは目を細めてはいるが、笑顔ではない。

身体《からだ》を少しも動かさず、ここから去ろうという意思を全く崩していない。

「そんな彼女のおかげで、私も薬草に興味を持ちましてね」

「……」

「突然ですが、侯爵夫人は、髪を好きな色に染められる染料があるのはご存じでしょうか？」

「ええ聞いたことはあります。でも、わたくしはこの金色の髪に誇りを持っておりますから、必要がないですわね」

「では、これはなんでしょうか？」

俺の言葉に、サフィロ夫人を支えていたクロードがこちらに近づいてきた。

手には古めかしい革素材のノートを持っている。

本当ならこれは、フォルティス侯爵がサフィロ夫人と面会したあとに渡そうと思っていた。

だが、このままジュリアの暴言を許すわけにはいかない。

クロードからノートを受け取り、目印の紙が挟んであるページを開いた。

「このノートは、我が国の境界にある小さな丘で、薬草を栽培している農園の台帳です」

「それがなにか？」

「この農園は市中に薬草を卸しているため、小売りは行っておりません。しかし、今から15年ほど前、ひとりの女性が髪を金髪に染めるハーブを調合してほしいと現れたそうです」

「……」

「最初は農場主も断ったのですが、市場の倍の金額を提示され、そこまで言うならと売るようになったそうで……」

俺は、小さな紙切れが貼られているページをジュリアに見せた。

「見てください。ここに、『ハーブの調合は北の国《スネイヴ》の薬草レシピ・同様の製法で』と、女性の字で書かれた紙の切れ端。その横に農場主が書いた『半年分』という走り書きがあります」

　無言のままジュリアはページを見つめている。

　ミレイアの横からこちらを見ていたハンナは、顔を伏せてしまう。

「ハーブには使用期限があるそうです。髪を染めるものは長くて半年、それを過ぎると染まらなくなるとか……。その説明を聞いた女性は、毎年春と秋の年二回、なんと、この15年間欠かさず買い付けに現れるようになったと」

「ローデリック侯爵。わたくしとそのお話、何の関係が？」

「はい、農場主にハンナの似顔絵を見せたところ、この女性が買いに来るとハッキリと証言していました。それをどうお考えになりますか？」

「まあハンナが！　驚いたわ。ずっと黒髪なのにおかしな話ね」

　台帳から顔を上げたジュリアは、俺の目をじっと見つめて微笑《ほほえ》んだ。

　レース越しにはじめて見るその瞳は、くすんだ灰青色《はいあおいろ》をしていた。

　狼狽《うろた》えている様子は全く見られない。

　ジュリアは少し首を傾《かし》げ、ハンナに視線を移した。

「ハンナに似た女性なんてたくさんいるでしょう？　それが言いたかったお話ですの？　もう屋敷に戻ってもいいかしら」

「あなたのためにハンナが買い続けていたのでは？」

「あら、リリアナの婚約者様は、おかしなことをおっしゃるのね。わたくしも色々と準備もありますのよ……」

「農場主の話によると、髪の色を金色に保つには、ひと月に二度は染めないといけないそうです。このハーブは、年に一、二度染めるくらいでは何ともないが、定期的に染め続けると、頭皮が荒れ、食欲も落ち、日光にあたると皮膚に湿疹が出るという症状が出るため、日中は帽子が手放せないとか……」

フォルティス侯爵が、ハッと顔を上げてジュリアを見た。

ジュリアは帽子のつばを軽くつまみ、深くかぶり直した。

「農園の主人が、15年も買い続けているハンナのことを心配していましたよ」

俺の言葉にジュリアは少しだけ口を開き、短いため息をついた。

帽子のせいではっきりと表情は見えないが、さっきより面倒くさそうな様子で、不満げな口元をしている。

「わたくしが日差しに弱いのは昔からです。北国生まれのせいかしらね。では、失礼いたしますわ」

少し早口で応えたジュリアは、俺とサフィロ夫人に向かって、わざとらしいほど恭《うやうや》しく頭を下げた。そんな母親の姿を、ミレイアは黙って見つめている。

ジュリアは振り返りもせず、中庭を屋敷の方向へ歩きはじめた。

サフィロ夫人が、口惜しそうな顔でその後ろ姿を見つめている。

その横には、自分の妻を引き留めようともせず、同じようにぼんやりと後ろ姿を見つめている侯爵の姿があった。

フォルティス侯爵、あなたは今何を考えている。

これでもまだ、ジュリアを信じることが出来るのか……。

ジュリアがどんどん屋敷へと向かって歩いて行く。

悔しい。カルロスだけではなく、薬草園の農場主もここに呼んでおけばよかった……いや、それでもあの女はハンナに擦《なす》り付けて逃げただろう……くそっ！

「フォルティス侯爵！」

ぼんやりとしている侯爵に大声で呼びかけると、驚いたようにこちらを見た。

返事を待たずに続ける。

「明日行われるリリアナの結婚式のあと、侯爵は二か月の休暇をとられたそうですね」

俺の言葉にジュリアの足がぴたりと止まった。

もちろんこれは嘘《うそ》だ。

侯爵は黙ったままなので構わずに進める。

「リリアナが生まれてからというもの、月に一週間程度の滞在で旅に出ることがほとんどだったと聞いております。こんなに長期間家族と一緒にいられることは、はじめてなのではないですか？　どうぞ夫人とごゆっくりなさってください」

その場に留まったジュリアの背中が、こちらを気にしているのがわかる。

それでも、きっとこのまま屋敷に戻ってしまうだろう。

これ以上俺がジュリアに介入するのは難しい……。

侯爵には、集めた資料と農園の場所を渡しておこう。これが精いっぱいだ。

何も言わない侯爵を見つめていると、クロードが俺の肩をポンっと叩《たた》いた。

振り返ると、リリアナがすぐ近くに立っていた。

優しく微笑《ほほえ》む顔に、全身の力が一気に抜け、安堵《あんど》の思いに包まれる。

やっとこの場所から離れられる……そう思った時、フォルティス侯爵が声をあげた。

「ジュリア、いまローデリック公爵が言ったとおりだ。君を驚かせようと黙っていた。この機会にひと月ほど旅行に行こうじゃないか、肌に良い温泉地に行きたがってただろう」

驚いた。

侯爵が話を続けようとしている。

ジュリアは背中を向けたまま、皆に聞こえるほどの大きなため息をついた。

そしてくるりと振り返り、更に帽子を深くかぶり直した。

「なんですか旦那《だんな》様。あなたまでわたくしを疑っているような口ぶり、呆《あき》れますわ」

「いや、旅行は前から言っていたではないか」

「こんな疑いを掛けられてやっていられません。わたくし、ひとりで旅に出ます」

「え？」

「おかあさま？」

ずっと憂鬱《ゆううつ》な表情でハンナに寄り添っていたミレイアも声をあげた。

その顔は今にも泣きだしそうになり、離れた場所にいる母親とフォルティス侯爵の顔を交互に見ている。

ジュリアはこちらにいる全員に対して、右手を上げて払うような仕草をした。

「もう疲れたの、あとはお好きになさって。ハンナ、ミレイアをよろしくね」

「いやっ！　おかあさまあ！」

大きな瞳からぽろぽろと涙をこぼし、ミレイアはハンナの腕の中から飛び出した。

慌てて追うハンナの手を振りほどいて、ジュリアに後ろからしがみついている。

ジュリアはレースのつば広帽子を両手で押さえ、仕方なさそうにその場に立ち止まった。

娘のことを宥《なだ》めるでも抱き寄せるでもなく、ただ抱き着かれてしまったから立ち止まった、という風に見えた。ハンナは、ジュリアに縋《すが》るミレイアの腕を必死で離そうとしている。

異様な光景だった。

サフィロ夫人も、クロードもステラも、無表情で三人を眺めている。

リリアナは複雑な表情をしながら、俺の目を見て困ったような笑顔を浮かべた。

その時、激しい風が吹いた。
庭園の砂が舞う。

美しい榛色《はしばみいろ》の髪が舞い上がり、バランスを崩したリリアナの身体《からだ》を俺は受け止めた。
この突風……これはあの時と同じ風だ。
そう、俺が死んでしまったあの時と！
いま、リリアナは俺の腕の中にいる。
もちろん目の前に馬なんていない、俺も生きている。
全身の血が走り出し、全身が自然と震えだす。
俺は、過去の時間を乗り越えた！
「リリアナ愛してる」
「レイ、私も！」
両腕に包まれたリリアナは顔を上げ、美しい瞳を瞬《またた》かせながら何度も頷《うなず》いた。
細い肩、やわらかい髪、涙を湛《たた》えた深緑の瞳。
彼女のぬくもりと鼓動を、今この自分の腕で感じている。

あの馬鹿なレイナードは、もういない。嬉《うれ》しさでどうにかなりそうだ。

「失礼します、レイナード様」

背後からクロードの声が聞こえた。

感情の波が一気に引き、ここがまだフォルティス家の庭だという現実を思い出す。

クロードは何も言わず、目線を後ろに移した。

そこには、生気が抜けてしまったようなフォルティス侯爵が立っていた。

少し離れた場所にいる動かない妻と、それに縋《すが》りつく娘を呆然《ぼうぜん》と眺めている。

そして俺と目が合うなり、深々と頭を下げた。

「侯爵、頭を上げてください」

「ローデリック公爵……今はまだ、何か迷惑をかけているということしかわからない。明日は結婚式だというのに……きっと、私は根本さえわかっていないのだろう。本当に、不甲斐《ふがい》なくて情けない……このあとサフィロ夫人とも話をするつもりだ。そして……あのふたりのことは私が絶対になんとかする。大変申し訳なく、なんと詫《わ》びていいのか……」

フォルティス侯爵の唇が小刻みに震えていた。

自分の娘の結婚式前日。幸せだと思っていた日に、こんなことが起こるなんて想像もつかないに決まっている。混乱しても仕方がない。

リリアナも、そんな父親を見て戸惑っていた。

侯爵は、かろうじて笑顔を見せると、リリアナを力強く抱きしめた。

そして、再度深く頭を下げたあと、三人の元へと駆けて行った。

未《いま》だ収拾がつかない三人の間に入った侯爵は、ハンナを後ろに下がらせ、泣き縋《すが》るミレイアの腕を摑《つか》み、もう片方の手でジュリア夫人の手を摑んだ。

レースのつば広帽子から手が離れ、夫人は両手で顔を覆ってその場にしゃがみこむ。

すぐさま帽子を拾い上げたハンナがジュリアに近づくが、フォルティス侯爵はそれを払いのけ、ジュリアとミレイアの腕を摑んだまま屋敷の廊下へ消えていった。

裏門の横では、駆け込んできた門衛達が、リリアナの偽者《にせもの》とカルロスを拘束している。二人は引きずられるようにして、屋敷から連れ出された。

さっきまでの喧騒《けんそう》が嘘《うそ》のように静まり返った。

庭の木々の葉が揺れる音が聞こえる。

長い時間がやっと終わった……。

少し離れていたステラが、サフィロ夫人と一緒に近づいてきた。

「レイナード様、リリアナお嬢様。サフィロ子爵夫人はわたくしが屋敷にご案内いたします。お茶の用意は出来ております。おふたりでゆっくりなさってくださいませ」

ステラはとびきりの笑顔でぺこりと頭を下げる。

横に居たサフィロ子爵夫人は、何も言わずに優しく微笑《ほほえ》んだ。

それに応えるようにリリアナもお辞儀をすると、二人の頬が自然と緩んだ。

ステラとクロードの顔も、今までの緊張から解けたように笑顔になっている。

「ではレイナード様、わたくしも失礼いたします。おふたりでごゆっくりお過ごしください」

クロードは頭を下げ、ステラを先頭にしてサフィロ夫人と一緒に屋敷へ進み始める。

一瞬だけこちらを振り返ると、ウインクをして小さく手を振った。

それを見たリリアナが、嬉《うれ》しそうに笑って俺を見上げた。

俺にしか見せない、特別な笑顔だ。

抑えきれない感情が迸《ほとばし》り、全身から溢《あふ》れ出しそうになる。

二人の間を邪魔する者は、もう誰一人いない。

俺はリリアナを横から抱きあげ、丸い額にキスをした。

リリアナは恥ずかしそうに首をすくめ、顔いっぱいに笑顔を見せた。

「では、お姫様。用意してくれたお茶会の会場へまいりましょうか？」

「はい王子様」

恥ずかしがりながらクスクスと笑うリリアナに、もう一度キスをして中庭への道を進んだ。

誰もいなくなった芝の上には、ピンク色の胸飾り《ブローチ》だけが残っていた。

結婚式当日

限りない充実感に、全身が満ちている。

今日、この世界で一番幸せな男は間違いなく俺だ。

目の前には純白のドレスを着たリリアナが、二人がはじめて会った日のように、たくさんの花に囲まれて微笑《ほほえ》んでいる。

過去の俺が見ることのなかった、美しいリリアナの姿……。

「本当に綺麗《きれい》だ。この日を迎えたことが嬉《うれ》しくてたまらないよ」

「私もよ」

リリアナは俺の目を見つめ、少し眉を下げて目を細めた。

細い指をこちらに伸ばし、俺の頬にそうっと触れる。指先が少し冷たい。

「ねえレイ。きっと、私にわからないことがたくさんあったんだと思ってる。レイが私のために何かしてくれている、なぜだかとても、ずっと守られているような気がしてた。今日を迎えられて本当に嬉しいわ……愛してる」

そう言い終えたリリアナは、もう片方の手を伸ばすと、両手で俺の頬を優しく包んで口づけをした。

リリアナの唇はとてもやわらかく、花の香りがした。

突然のことに足元がふらつきそうになる。心臓が跳ね上がっている！

今日は格好良くいこうと決めていた……けど、もう限界だ。

俺だってリリアナを抱きしめてキスしたい！

「リリ……」

「はい、そこまでですレイナード様」

いつも以上に洗練された装いの執事が、後ろから肩を掴《つか》んだ。

「おい、離してくれ」

「それはこちらのセリフですよ。さっきの勢いで抱きついたら、リリアナ様の衣装が台無しになってしまいます」

そうですよーと、ブーケを用意しながらステラが加勢した。

二人に守られたリリアナは、楽しそうに笑っている。

「レイとクロードは小さい頃から変わらないわね、仲が良くて羨《うらや》ましい。本当の兄弟みたいなふたりの関係にずっと憧れてたのよ」

リリアナはにっこりと笑い、小さく肩を上げた。

今日の朝、結婚式にはフォルティス侯爵だけが参加すると連絡があった。

特に驚きもしなかった。

あの二人がどうなるのかはまだわからない、どうなってもいいとさえ思っている。結婚式に出席しないのは当たり前のことだ。

それでもリリアナの心境を思うと、胸に鉛が落ちたように息苦しくなる……。

「大丈夫です！　リリアナお嬢様にはわたくしが居ます！　それに、会場ではメアリーさんも待っています」

ステラが胸をとんっと叩《たた》き、明るい声をあげた。

そう、リリアナに三年以上仕えていた侍女のメアリー。

父親の事故で急に里帰りをしたが、やはりそれもミレイアに仕組まれたものだった。

メアリーの父親もミレイアの嘘《うそ》を信じ、二度とフォルティス家に戻さないと決めていたそうだが、誤解が解けたことにより、結婚式に間に合うように戻ることが出来た。

「ありがとうステラ、大好きよ。早くメアリーに会いたいしあなたを紹介したいわ」

「リリアナお嬢様――」

ステラがリリアナに抱きついている。

リリアナも優しく包むように、ステラの背中を抱き寄せた。

「俺が駄目でステラがいいとは、どういうことだよ」

「はいはい、レイナード様。こちらへどうぞ」

手招きするクロードに一歩近づくと、急に全力で抱き寄せられた。

クロードから抱きしめられるなんて、今までにないことに少し動揺してしまう。

背中に手をまわしていいのだろうか、なんだか気恥ずかしい気持ちだ。

「レイ、良かったな」

クロードが肩越しに呟《つぶや》いた。

「……うん」

「突然『俺一度死んだんだ！』なんて言い始めた時、正直困ったよ」

「まあ、そうだよな……」

「でも、レイが嘘をつけないのは小さい頃から知っていた……だから、俺も少し怖かったんだ……」

耳の横で聞こえるクロードの声が、少しだけ鼻声に聞こえる。

「クロード、もしかして……？」

「泣いてないぞ……とにかく、お前が死んでしまわなくてよかった。今日を迎えられて本当によかったよ」

「ありがとう……俺、クロードが居なければここまでやれたかわからない……もし、ひとりだけで悩んでいたらどうなっていたか……」

「ふっ、俺のおかげだな」

そう言って腕の力を緩めたクロードは、俺の背中をポンポンっと叩いて身体《からだ》を離した。

いつも冷静な目元が、少し赤くなっているように見える。

そんな親友の顔を見て、涙が出そうになるのをぐっと我慢した。

「本当にありがとう」

「もういいって」

クロードは照れたように笑い、手に持っていたブートニアを俺の胸に挿して、もう一度背中をポンっと叩《たた》いた。

支度を終えたリリアナが、ステラに付き添われながら扉の前へと移動している。

その繊細な香りに誘われるように、リリアナの横へと並んだ。

たくさんの花に囲まれたリリアナが、俺を見上げて微笑《ほほえ》んでいる。

その笑顔は、どんな花よりも華やかで息が出来なくなるほど美しいものだった。

呼吸を整え、リリアナの右手を取る。

それが合図かのように、ステラとクロードが扉を開いた。

「レイナード様、リリアナ様。参りましょう」

大きく放たれた扉の外からは、冬の訪れを感じるような木々の香りと、少しひんやりとした空気を感じた。

屋敷の前には、式場に向かうために用意された真っ白な馬車が待っている。

過去の自分の過ちと、生まれ変わってからの全ての出来事が全身を駆け巡った。

そして、隣に愛《いと》しいリリアナがいるという現実に、心の底から幸せを実感する。
リリアナに婚約破棄を告げた過去の自分。
最後の最後に、後悔した馬鹿な俺。
本当に大馬鹿だったけど、そこで気づいてよかったよ……。
俺は、紋章が現れた耳の後ろにそっと触れてみた。
まだあるのだろうか？　そんなことを考えながらリリアナの手を取り、馬車へと進む。
突然、リリアナが空を仰いだ。
「レイ、空から羽が……」
リリアナの言葉に、二人で空を見上げる。
そこには、銀色の粉が舞っているような、澄んだ空が広がっていた。
雲一つない青空の中から、たくさんの羽がひらひらと降り注いでくる。
まるで、この世界の全てが二人を祝福しているようだった。

完

愛しい婚約者が悪女だなんて馬鹿げてる！

It's ridiculous to think that
my beloved fiancée is a villainess!

後日譚――ミレイア

「嘘《うそ》つき！　嘘つき！　嘘つきっ！　みんな嘘つき！　だいっきらい!!」

ミレイアはソファに置かれているクッションを壁に叩《たた》きつけた。

クッションはポスっと鈍い音を立て、弾むことなく床に落ちた。

「何なのよ!!」

また違うクッションを手に持ち、鏡の前に並べられた香水の瓶に向かって投げつける。

幾つかの瓶は音を立てながら倒れ、他の幾つかは床に落ちた。

しかし、絨毯《じゅうたん》のおかげで割れたものはなかった。

「あーもう！　いやっ!!」

大声を出しながら、履いていた靴を床に脱ぎ捨て、ドレスのままベッドの上に倒れこんだ。

チッ……

小さく舌打ちをしたあと、身体《からだ》を回転させ、大の字になって天井を見つめる。

カーテンの隙間から、やわらかい日差しが差し込んでいる。

急な疲労感に襲われ、両手で顔を覆うようにして目を閉じた。

なんでこんなことになったの……

暖かい日差しの中でミレイアは、数か月前、二人の侍女を連れて王太子のパレードを見に行った日のことを思い出していた。

◆◆◆

「ねえいいお天気！　早くいきましょっ」

次期国王となる、王太子十八歳の誕生祭。

青い空に乾いた風が吹き、祝い事には最良の日だった。

沿道に集まる全ての人は笑顔で、手には国旗や花びらの入った籠を持っている。

ミレイアたちが花道の様子を見ていると「若いお嬢さんたちは前に行きなさい」と、知らないおばさんに声をかけられ、花びらが入った籠を渡された。

侍女たちは嬉《うれ》しそうに籠を持ち、最前列で王太子が来るのを待っていた。

もちろんミレイアもそれに並んだ。

道の向こうから、少しずつ歓声が近づいてくるのがわかる。

あぁ王太子様……もうすぐ会えるのね、どんな顔してるんだろ……。

ミレイアは小さい頃からお姫様に憧れていた。

もしかしたら自分の夫になるかもしれない人が、これから目の前を通るのだ。

胸を躍らせていると、周りの観衆が天に向かって花びらを撒《ま》き始めた。

もうそこまで王太子が来ている！

ひらひらと花びらが舞い散る中、美しく装飾された白馬がすぐそこに現れた。

周りの歓声が一段と大きくなる。

来た！　王太子だ！

「えっ……」

ミレイアは思わず声を出してしまった。

あれ？　座っていて上半身しか見えないのに、まるで執事のブラッツみたいなお腹《なか》が見えるんだけど？

笑顔なの？　眩《まぶ》しいの？　目が瞼《まぶた》に埋もれてるわ……。

ねえ、本当に十八歳？　信じられないくらい野暮ったいじゃない！

金の刺繍《ししゅう》が施された真っ赤な天鵞絨《ビロード》、あんなに美しいのに全然似合ってないっ！

ミレイアはあまりの衝撃に、短い腕を上げてちょこちょこと手を振る王太子から目が離せなくなっていた。

その時だった。

王太子がこちら側を見てにっこりと微笑《ほほえ》んだのだ。

周りが一段と大きな歓声に包まれる。

うわっ、笑顔が間抜けすぎ……。

その表情《かお》に我慢が出来ず、ミレイアは思わず顔を伏せてしまった。

なんで？　きゃーきゃー言ってんのは何？

あんな顔で微笑まれて喜ぶ女の子いる？

ああ、とにかく最悪だわ……あたしなんでここに来ちゃったんだろ……。

一緒に連れてきた侍女たちは、周りと同じようにはしゃいでいる。

はぁ？　なんなのこの子たち、あたしはもう帰りたいってのに！

「あなたたち、行くわよ」

目をキラキラさせていた侍女たちは、慌てたようにミレイアの周りに集まってきた。

なんて最悪な気分なの。

パレードのあと買い物に行くつもりだったけど、一気に気分が下がっちゃった。

地味でさえないと思っていた家庭教師のほうがマシに思えるくらい、ほんっと無理!!

遠ざかる王太子の姿を、名残惜しそうに見ている侍女たちを押し立て、パレードから逃げるようにして馬車に乗り込んだ。

帰路の馬車の中では沈黙が続いた。

侍女たちは頰を高揚させ、まだパレードの余韻に浸っているのがわかる。

もちろん馬車や装飾は美しかった。

ちらりと見えた王妃様と王様もすっごく素敵だった。

でも、あれ、肝心の王太子がまるで駄目。

あたしも勉強は出来ないけど、もっと馬鹿なんじゃないのって顔してた……。

「あーあ、つまんない」

無意識に独り言が口をつく。

早起きまでした結果がこれかとため息が止まらない。

ミレイアが不機嫌なのをわかっててか、二人の侍女は帰るまで一度も顔を上げなかった。

屋敷に着くと、誰かが玄関先で馬車を降りているのが見えた。

「ねえ、誰が来てるの？」

「あれは、ローデリック公爵ですね」

侍女の一人が答えた。

ローデリック公爵、お姉さまの婚約者のレイナードね。

ミレイアは馬車の窓から、外を覗《のぞ》いた。

姿勢の良い姿、流行の紺の服に革のブーツが似合ってる。一緒にいる執事もいつも素敵。

あの不細工王太子を見たあとだから、いつも以上に二人が格好良く見える……。

「はぁ、チッ」

どー―でもいい。

レイナードは格好いいけど贈り物の趣味が悪すぎよ。

まともな花でさえ、贈られてるのを見たことがない。

ま、お姉さまの婚約者だし、あたしには関係ないけど……。

ミレイアはまたため息をつき、馬車の座席に座り直した。

挨拶《あいさつ》が面倒なので、自分に関係がない者に会わないようにするのはいつものことだ。

少しの時間を待ち、侍女たちと屋敷に入った。

自分の部屋へと廊下を進んでいると、なんだか無性に腹が立ってきた。

客室から、楽しそうな笑い声が聞こえてくる、それがやけに癇《かん》に障る。

どうして勉強ばっかりしてるお姉さまの婚約者があんなに格好良いの？

あたしのほうが可愛《かわい》いのにっ！

お姉さまが住んでいる別館だって『リリアナがわがまま言って建てさせたのよ』って、お母様から聞いたわ。

何を育ててるかわからない温室だって、すっごくお金がかかってるって！

そういえば、婚約が決まった時「ローデリック家は『よんだいめーか』だからリリアナは幸せね」ってお母様が言ってた。

正直『よんだいめーか』ってのが何だかわかんないけど、お母様が言うんだもん、凄《すご》いってことでしょ。

なんでお姉さまばっかり贔屓《ひいき》されてるのよ、おかしいじゃない！

ミレイアは、客室から漏れる声に足止めされたかのように、その場から動けなくなっていた。

中庭を通る風は暖かく、木々を揺らし、小さな葉を舞い上がらせている。

ひらひらと舞う木の葉は、パレードで舞っていた花びらを連想させ、同時に王太子の笑顔も思い出させた。

ムカつく……

客室からまた楽しそうな声が聞こえてきた。ブラッツまで笑っている。

イライラが収まらないミレイアは、目の前に落ちてきた木の葉を踏みつけ、自分の部屋の方向に向きを変えた。

小さい頃からお姫様になりたかった……。

夢にまで見た王子様が、あんな間抜けな顔なんて……。

さっき見たばかりの、レイナードの姿が頭にちらつく。

わがままばかりのお姉さまが、よんだいなんとかのレイナードと結婚なんておかしくない？

それにお姉さまって、結婚したいなんて言ってたっけ？

勉強ばっかりしてたし、卒業してもまだ勉強してる、わけわかんない。

ミレイアは足を進めようとするが、一歩も踏み出せないままでいた。

客室の楽しそうな声に、苛立《いらだ》ちが収まらない。

……そうだわ、お母様の部屋に行こう！

王太子が不細工だったことも話さなきゃ！

もう一度木の葉を踏みにじり、客室を睨《にら》むと母の部屋へ続く廊下へ足を踏み出した。

母が過ごす部屋は、ミレイアの部屋と正反対の方向にある。

長い廊下を抜け、ミレイアはウィンターチェリーが装飾された扉を勢いよく開けた。

「おかあさまっ！」

部屋に飛び込むと、目の前には椅子に座ってくつろいでいるハンナの姿があった。

ハンナはミレイアを見て、慌てるでもなく席を立ち、頭を下げた。

「ミレイアどうしたの？　こっちにいらっしゃい」

「お母様ぁ、聞いてー」

刺繍《ししゅう》の手を止めてソファの上から手招きをする母に、ミレイアは甘えるように横に座った。

そして、先ほど見た王太子の容姿を貶《けな》し、あんなのとは絶対に結婚したくない！

リリアナの婚約者がレイナードなのが納得いかない!!　と一気に捲《まく》し立てた。

「ねえお母様、あたしもよんだいなんとかがいい」

「ミレイア、自分のことは『わたくし』と言いなさい、『あたし』は小さい子だけよ」

「はぁーい」

「そうねえ、ローデリック家以外の公爵家は年頃の公子がいないのよね……いいじゃない王太子で」

「やだ！　お母様は見てないからよ、あんなの無理だわ！」

テーブルに置かれたクッキーを頬張りながら文句を言い続けるミレイアを見て、ハンナは小さく肩をすくめる。

「ねえお母様ぁ、レイナードは駄目なの？」

「この前リリアナと婚約したばかりでしょ」

「だってかっこいいんだもん！　お父様に言っても駄目？　あた……わ・た・く・し絶対にレイナードがいいっ！」

ミレイアはそう言いながら母にもたれかかり、お茶が欲しいとハンナに手で合図をした。

「そうは言ってもねえ、あなたお姫様になるんじゃないの？」

「お姫様よりレイナードがいいのっ」

「んーそうね、ローデリック家ならお姫様みたいなものだけど、リリアナが……」

母の言葉に、ミレイアはソファの上でぴょんっと跳ねた。

「レイナードんちそんなに凄《すご》いの？　じゃあもう絶対！　ねえお願いっお母様ぁ」

「ローデリック家ねえ……お父様には言わなくていいわ、箱入り坊ちゃんだから何とかなるかもしれないわね……」

「ほんと!?　ねえどうすればいいの？」

「そうね、一緒に考えましょ……」

◆◆◆

——チッ
ミレイアはベッドの上で飛び起きた。

そうだ思い出した。

王太子の誕生祭からだ！

なんであたしがこんなヤな思いしなきゃいけないのよ……。

お母様のおはなしを聞いて、いろいろ頑張ったわ！

なのに、ドレスだってお菓子だってぜんっぜんうまくいかなかった！　なんなの？

ハンナだって全然駄目、役に立たない！

お母様のお気に入りだけど怖いんだもん、だいっきらい!!

それにしても、レイナードがムカつく!!

ずっと前から趣味が悪いと思ってたけど、あたしを可愛《かわい》くないって、頭がおかしいんじゃないの？　ちょっとでも格好良いなんて思わなきゃよかった、時間を無駄にしたわ。

あーもう、ほんっと、どーでもいいわーあんな男……。

ミレイアは、怒りに任せてベッドから飛び降り、足元に転がっていた香水の瓶を裸足のまま蹴飛ばした。

無性に喉《のど》が渇いて仕方がない。甘いお茶が飲みたいのに、部屋には自分以外誰もいない。

ハンナはお母様のところに行ったんだっけ……？

えっ、じゃあたしのお世話は誰がしてくれるの？

少し前までいた侍女、なんて名前だったか全然思い出せないけど、辞めさせなきゃよかった。そういえばお姉さまは、屋敷にいる使用人の名前全員覚えてたっけ……。

あ————もうっ！　レイナードとお姉さまのことは今は考えたくないのっ！

明日の結婚式、どうぞ勝手にやってちょうだい。

今頃二人であたしを馬鹿にして笑ってるのかしら……。

古代文字が読めたからってなんなのよ！　二人がびっくりするくらい、凄《すご》い人と結婚するんだから！

「あ……」

思い出した、古代文字!!

そう、古代文字が読めないとレイナードに馬鹿にされてた時、お父様が言ってたわ。

王太子から直々《じきじき》に王太子妃候補の手紙が来ているって!!

そうだわ、あたしには王太子がいるじゃないっ！

正直あの笑顔はまだ思い出したくないけど……でも、王家だもん。

この国で一番偉いし、王太子は次期国王。ローデリック家なんて全然でしょ。

あたしのことを馬鹿にしてるレイナードも、頭を下げなきゃいけなくなるのよ。

ミレイアは、嬉々《きき》としてクローゼットに駆け寄った。

扉を開け放ち、一人でも着替えられそうなドレスを探す。

今着ているドレスをなんとか脱ぎ捨て、新しいドレスに袖を通した。

腰の部分につけられた大きなリボンがうまく結べない。

「まあいっか、お父様のとこに行きましょ」

鏡の前で鼻歌が出るほど、ミレイアの苛立《いらだ》ちは嘘《うそ》のように晴れていた。

そうよ、だって最初っからお姫様になるつもりだったんだもん。

古代文字がなんなの？　そんなのちょっと勉強すれば何とかなるでしょ。

だって、わ・た・く・しは字は綺麗《きれい》だって褒められるし、ダンスも完璧。

それに王太子直々ってことは、見染められたってことでしょ。

もう決まったようなもんだわ。

ミレイアは転がっている香水瓶を手に取り、たっぷりドレスに吹きかけると、大きな音を立てて部屋の扉を開けて廊下に飛び出していった。

後日譚──フォルティス侯爵とサフィロ夫人

フォルティス家応接室。

いつもは商談が行われる特別な部屋で、フォルティス侯爵とサフィロ子爵夫人は向き合って座っていた。

つい数十分ほど前、屋敷の裏口で騒ぎが起こっていたとは思えないほど、館内は静まり返っていた。

お茶を運んできたブラッツから、ミレイアが部屋に入ったまま出てこないと、フォルティス侯爵に報告があった。

ジュリアの部屋の前にはハンナが立っており『体調が悪くて休んでいる、こちらから声をかけるまで干渉しないでほしい』と、飲み物を運ぶことさえ拒否されたそうだ。

報告をしている間、ブラッツは申し訳なさそうな表情をしていた。

裏口とはいえ、あれだけ大声で騒いでいたのだ。きっと彼の耳にも入っているだろう。

テーブルに二人分のお茶を用意したブラッツは、深々とお辞儀をして部屋を出て行った。

二人きりになり、どちらが先に口を開くかという緊張感が走る。

そんな中、フォルティス侯爵が立ち上がり、サフィロ子爵夫人の前に跪《ひざまず》いた。

「侯爵、やめてくださいませ」

「せっかく来てもらったのに、また嫌な思いをさせてしまい本当に申し訳ない」

侯爵の脳裏に、ジュリアの冷たい笑顔が甦《よみがえ》る。

あんな顔をして笑う女だったのか？

「これでお互いが話をしやすくなったのではと思っております、大丈夫です」

「……すまない」

それ以上侯爵は何も言えず、サフィロ夫人の手をしっかりと握って、また席に戻った。

「では夫人、まずは私のほうから……あの日、どうしてサフィロ家と連絡を絶ったのかを説明させてほしい」

「全くわからないまま長年悩んでおりました。聞かせていただけるのでしたら……」

サフィロ夫人は真《ま》っ直《す》ぐにフォルティス侯爵の目を見つめた。

北国特有の青い瞳。

大変美しいはずなのに、侯爵には哀《かな》しさを湛《たた》えているように見えた。その瞳から視線を逸《そ》らすように頭を下げ、ゆっくりと話しはじめた。

「あれはもう15年以上も前になるのか……妻の死から一年ぶりに仕事を再開して各地を廻《まわ》り、最後に訪れたのは、私が一番信頼できる男……フィン・サフィロの屋敷だった」

「そうですわね、毎年最後には当家にお越しになって、ふたりともお仕事のことを放ったらかして、氷の湖へ釣りに行かれたり……」

「ああ、懐かしいな」

サフィロ夫人は微笑《ほほえ》み、机の上に置かれたティーカップを手に取った。

「あの夜、皆で食事をしたあと、ふたりで酒を飲んだんだ。その時フィンから『明日は新しい果実の話があるから楽しみにしていてほしい』と言われ、私は期待に胸を膨らませて床に就いたよ」

「まあ、そうでしたの」

「ああ……そして、部屋の電気を消して一分もしないうちに、扉をノックする音が聞こえた……リズミカルではあるが、とても小さな音だった」

サフィロ夫人は飲もうとしていたティーカップを机の上に置き、大きく息を吐いた。つられるように、フォルティス侯爵もため息をつく。

「てっきりフィンか使用人だと思い、問いかけもせず扉を開くと、ジュリアが凄《すご》い勢いで部屋の中に飛び込んできた。彼女はスリップドレスのような寝間着だけを着て、突然私の前で膝を折り、両手を床につけたんだ」

「……」

「それから……」

フォルティス侯爵は、続きを話そうとして言《い》い淀《よど》んだ。

ここから話す内容は、きっとジュリアの嘘《うそ》が入っているのだろう。

こんな話を信じていたと思われることが、正直心苦しく、情けない……。

しかし、そんなことを考えている場合ではない。サフィロ夫妻を15年以上も不幸にしてしまったのは、この自分なのだ……！

フォルティス侯爵は小さく頭を振った。

「どうかなさいましたか侯爵？」

「サフィロ夫人……」

「なんでしょう？」

「私が今から話す内容は、大変不快で怒りが伴うだろう。反論したい箇所もあるはずだ、だが最後まで聞いてほしい」

「わたくしは大丈夫です、どうぞ続けてください」

サフィロ夫人のその言葉に、侯爵は頭を下げて話を続けた。

「ジュリアは、話を聞いてくれるまでここを動かないと言った。その時私は、彼女の腕にひどい擦過傷と、裂傷が治ったであろう傷跡を見つけたんだ。思わず近づくと、大きく身体《からだ》を引き、怯《おび》えたような目をこちらに向けて、お願いだから話を聞いてほしいと頼んできた。もちろん断ることなんて出来なかった……」

「……」

「ジュリアは、自分が遠い東の国の貴族の娘だと話し始めた。父親が騙《だま》されてしまい家が没落、債権者に屋敷が取り上げられてしまう前日、母の生まれ故郷であるスナッグ地方へ逃げろと言われ、用意されていた馬車に無理矢理乗せられたらしい。ジュリアの髪が金色なのは、母の血を引いているからと言っていた……」

「……初耳です」

サフィロ夫人が感情のない声で呟《つぶや》く。

「しかし、逃亡を手伝うと言っていた男は……奴隷制度が廃止された国に闇取引で少女や少年を売って回る奴隷商だったそうだ……騙されたと気づいたが逃げる術《すべ》もなく、そのままジュリアはスネイヴに連れてこられ……フィンに買われたと……」

サフィロ夫人が、信じられないというように目を見開き、頭を振った。

侯爵は額から流れてきた汗を拭う。

「もちろん私は全く信じなかった、だってフィンは奴隷制度を憎み、私と一緒に国家に協力してきた仲間だったからだ。それでもまだ、目の前の少女は話し続けた。そして、私に向かって腕と脚、そして寝間着をたくしあげて身体《からだ》についた傷跡を見せてきた。その傷は大変痛々しく一日二日で出来たものには見えなかった……彼女は……フィンにつけられた傷だと……そう言っていた」

その言葉を聞いたサフィロ夫人は、顔を上げて何かを言いかけたがグッと堪《こら》えた。

部屋の中は重苦しい空気が流れている。

「ジュリアは……ほぼ毎晩のように子爵に呼び出され……縛られたうえに辱《はずかし》めを受けている……そして、最近は……身体を求められていると言っていた……必死で断り続けているが、毎晩のこと、もう痛みに耐える自信がなくなってきたと、大きな瞳から涙をポロポロとこぼしながら私に訴えてきたんだ……そして、奥様はふたりの関係を疑っているようで、お手伝いをさぼっていると言っては……顔を、殴られる……と……」

侯爵は話しながら気づいていた、自分が言っていることはおかしいと。

なぜ、少女の言うことを鵜呑《うの》みにし、長年の親友である男と話をしなかったのか？

それは、訴えてきた少女の目があまりに美しく、子供がつく嘘《うそ》にしては生々しすぎたこと。

そして一日や二日でついたものとは思えない無数の身体の傷、奴隷として買われたという話、怒りが先行してしまい、感情が先走ってしまったのだ……。

胸に何かがつかえているように、息が苦しい。

フォルティス侯爵は、胸の鼓動が速くなるのを感じていた。

「……侯爵、フォルティス侯爵……」

侯爵は、かろうじてといった様子で声の方向に顔を上げる。

そこには、心配そうな表情で真っ白なハンカチを差し出すサフィロ夫人がいた。

「ひどい汗です、これを……」

顔に手をやると、額から滴《したた》るほど汗をかいていることに気づいた。

言われるままハンカチを受け取り、顔の汗を拭う。

夫人から渡されたハンカチには、蜜林檎《みつりんご》の刺繡《ししゅう》が施されており、それに気づいた侯爵は、胸が潰れそうになるほどの悲しみを感じた。

「侯爵、ご無理なようであれば、私はまた別の機会でもかまいません。明日はリリアナお嬢様の結婚式もありますし……」

「いや大丈夫だ。話しているうちに、自分の行動が間違っていたことに気づいた……本当に……私は……」

フォルティス侯爵は言葉を詰まらせる。

サフィロ夫人の唇は微《かす》かに震えていた。

怒り、悲しみ、悔しさ、その全てを彼女が抑え込んでいるように見えた。

そんな夫人に、フォルティス侯爵は深々と頭を下げる。

「すまない、話を続けよう……その後は夫人も見たとおりだ。私がフィンに詰め寄り、話を聞くこともせずジュリアを連れ帰った。あの時は、奴隷としてひどい目にあっている少女を救いたいという思いと……フィンへの怒り、絶望でいっぱいだった……」

「ええ……」

「国に戻ってすぐ、国家警備団にサフィロ家とその周辺を調べるように連絡をしようとしたんだ。しかし、ジュリアに止められた」

「ジュリアに？」

「ああ、先程も話したように、彼女は没落した貴族で東から逃げてきた……いや、今となってはこれも本当かはわからないことだが……もし、警備団にフィンが逮捕されるとなると、奴隷として買われた自分は東に戻されてしまう……そうなれば奴隷の今と変わらないどころか、それ以上につらい目にあってしまう、だから言わないでほしいと懇願された……」

サフィロ夫人の小さなため息が聞こえた。

「私としても、長年信頼して領地を任せていた男だ。救った少女も言わないでほしいと言っている……考えた結果、この先一切サフィロ家に援助しない、交流も絶つということで、この話をなかったことにしようと考えてしまった……」

「そうでしたの……だからこちらの連絡も、贈り物も全て返されて……」

「すまない……」

フォルティス侯爵はサフィロ夫人の手を取り、その場で跪《ひざまず》く。

「侯爵、やめてください」

慌てて立ち上がる夫人を、侯爵はソファに座らせた。そして、姿勢をあらためると、かしずくように夫人の両手を取った。

「サフィロ夫人、謝っても謝っても許されないのはわかっている……先ほど話したことが全てだが、それだけではない……奴隷の少女を救ったはずの男が、彼女の美しさに惹《ひ》かれてしまったのだ……これが、私の一番の罪だ……」

サフィロ夫人の手をしっかりと握り、顔を伏せて話し続けるフォルティス侯爵の声が震えている。

「……サフィロ家から連れ帰る時から……同情心以外の何かがあったのかもしれない……この屋敷に住むように勧めたのも私だ……サフィロ家との養子縁組の書類を見て、婚姻できる年齢だと知ってホッとしたのも覚えている、本当に私は情けない男だよ……これでフィンのことを責めるだなんて……」

「待ってください侯爵！」

サフィロ夫人は、フォルティス侯爵の手を力を込めて引っ張った。

突然のことに驚いて顔を上げた侯爵は、汗と涙でひどい顔をしている。

「まず、涙をお拭きくださいませ。そして、養子縁組とはなんのことでしょう?」

サフィロ夫人の澄んだ青い瞳が、いつもより深い色に見える。

椅子に座り直した夫人は、冷めてしまったお茶を一気に飲んだ。

侯爵はただごとではない雰囲気を察し、顔の汗と涙を拭って席についた。

「侯爵、ジュリアは自分が当家の養女だと?」

部屋の空気が一気に重くなるような声で、サフィロ夫人は訊《たず》ねた。

「ああ、あれは確か、ジュリアがここに来て数日後。スネイヴで世話になった人がいる、その人に手紙を書きたいと言われたんだ……ここにいると安心させたいから、当家の便箋《びんせん》と封筒をくれないかと……」

「あの子、字が書けたのね……」

サフィロ夫人が目を細め、過去を思い出すように呟《つぶや》く。

「手紙を出して半月くらい経《た》った頃だろうか、ひとりの女がジュリアに会いたいとこの家を訪ねてきた。ジュリアは今までに見たことがないくらい喜び、その姿に驚いたのを覚えているよ……彼女はずっと怯《おび》えたような表情をしていたからね……その女が持参したものが、ジュリアがサフィロ家の養女だという書類だったんだ」

「……」

「私も驚いたが、書類があることでジュリアをこの家に滞在させる口実になると単純に喜んでしまった……フィンに対する感情のせいで、確かめようとさえ思わなかった、彼の償いでもあるのかと考えた。そしてその日の夜、ジュリアから頼みごとをされたんだ。このような書類を頼めるくらい彼女を信用している、だからこの屋敷で彼女を雇ってほしいと……」

サフィロ夫人は話を聞きながら、ずっと眉根を寄せていた。

額を押さえながら目を瞑《つぶ》り、何かを思い出そうとしているように見えた。

「フォルティス侯爵、わたくし気になる方がおりましたの、もしかしてその女の方って……」

「ああ、今では当家の侍女頭になっている。さっき裏庭にいたハンナがそうだ」

フォルティス侯爵の言葉を聞いて、夫人は「やっぱり」と呟《つぶや》いた。

そしてティーポットからお茶を注ぎ、喉《のど》を潤したあと話を続けた。

「わたくし、あの女《ひと》に一度だけ会ったことがあります」

「ジュリアと仲が良かったんだろう?」

「いえ、それは知りませんでした。あれは、侯爵がジュリアを連れ帰ってから一週間くらい経《た》った頃です、サフィロを訪ねてひとりの女がやってきたことがありました」

「……」

「それが先ほどのハンナという方です、彼女は『フォルティス侯爵の遣いで来た』と言い、手にはフォルティス家の紋章がついた封筒を持ち、主人以外とは話をしないと、屋敷に入ろうともしませんでした」

侯爵は困惑したような表情で話を聞いている。

また、額に汗がにじみはじめていた。

「わたくしはサフィロを呼びに行きました、既にサフィロは酒を飲む日々が始まっており、部屋から出てくることが少なくなっていました。ですが、フォルティス家からの遣いが来たというと、髪を整え、今まで酒を飲んでいたとは思えないほどの速さで階段を駆け下りて行きました」

「……すまない」

「夫のお酒のことは今はよしましょう……遣いの女とサフィロは屋敷には入らず、ふたりで外へ出て行きました。使用人たちは、侯爵家と揉《も》め事があったことを知っていたので、遣いの者をよこしたということは和解するのだろうと、口々に話していました。もちろんわたくしも同じ気持ちでおりました」

フォルティス侯爵の頭が、話を聞きながらどんどん下がっていく。

夫人は、どうかお気になさらずと告げ、話を続けた。

「ちょうどお昼過ぎだったのですが、それからどれだけ待ってもふたりは戻って来ず、しびれを切らしたヴィルが様子を窺《うかが》いに外へ出たところ、ふたりの姿はどこにもありませんでした……その後、サフィロが屋敷に戻ってきたのは、日が落ちて辺りが薄暗くなってきた頃。何かあったのだろうと一目でわかるほど疲れ果て、苦悩に満ちた表情をしていました……」

「当家からという封筒の中には、一体何が……」

「わかりません。サフィロは手ぶらで戻ってまいりましたから……ただ、先ほどの侯爵の話を聞いていて思ったのです、手紙の内容は、ジュリアが恐喝めいたことを書いていたのではないか、そして何かの交換条件に養子縁組を持ち出したのではないかと……」

フォルティス侯爵は頭を抱えた。

ハンナがこの屋敷に来た時、養子縁組の書類を持参していた。それには、町役場の証明印が、間違いなく型押しされていた。

しかし、サフィロ夫人は養子縁組をしていないという。それにハンナが当家の遣いでサフィロ家に行っただと？　しかも、フォルティス家の封筒を持って……。

ジュリア……

私はずっとあの女に騙《だま》されていたのか？

あの美しい顔と優しげな声で、最初からそのつもりで私に近づいたのか？

違う、今まで大きな揉《も》め事などなかった。ジュリアはどんなに体調が悪くとも、私の帰りを笑顔で待ってくれていたではないか……。

いや、まず身体《からだ》が弱いというのは事実か？

ローデリック公爵の言っていた、髪を染める薬草というのも気になっている。

ああ、一体何から考えればいいのだ……。

「侯爵、大丈夫ですか？」

フォルティス侯爵は、サフィロ夫人の呼びかけに慌てて顔を上げる。

顔を上げた視線の先に、ローデリック家の執事から渡された古い手帳が見えた。

サフィロ夫人は侯爵の視線を追い、その手帳を手に取ってテーブルの上に置いた。

「裏庭でのお話ですが、ジュリアの髪は褐色です。それは間違いございません。信じられないのであれば、当家の辞めてしまった使用人たちに聞くことも可能です」

今までとは違う、強い口調で夫人は言いきった。

自分の妻の髪色が違うなんて考えたこともなかった……。

だが、きっとそうなのだろう。

金色の髪のジュリアしか知らないが、そのように思い始めていた。

しかし……。

「ミレイアは……！」

「……」

サフィロ夫人は大きく肩で息をし、首を横に振った。

「わたくし、ジュリアに娘が居ることを、ローデリック公爵からはじめて聞きました。そして、その娘が金髪だということも……」

夫人は喉《のど》がつかえたようになり、小さく咳払《せきばら》いをした。

「……サフィロが、あなたに責められた時、なぜ言い返さなかったのか……今思えば……ジュリアと関係を持っていたからだと思っています……」

サフィロ夫人の声は震え、フォルティス侯爵はグッと息を呑《の》んだ。

「きっとサフィロは、突然部屋に乗り込んできた侯爵と、その後ろで被害者のような顔をして立っているジュリアを見て、自分がジュリアと関係を持ったことを知られてしまった、告発された、と考えたのではないかと……そして、不貞を行ったことは事実なため言い返せず……侯爵が帰ってしまわれたあとも、わたくしが何を聞いてもわからないとしか言えず……自責の念に苛《さいな》まれ、酒におぼれてしまった……」

自分の夫が使用人と不義をしていた、その事実を確信したように話すサフィロ夫人。

これが真実なのだろうか。

では、ミレイアの父親は……。

淀《よど》みのような沈黙が続く中、フォルティス侯爵が口を開いた。

「……ジュリアが我が家の暮らしになれてきた頃……妊娠したかもしれないと告げられたんだ。彼女は食が細くとても痩せていたために最初は信じられなかった……しかし、主治医に間違いなく懐妊だと言われ、私は喜んだ……が、ジュリアの持病のこともあり、妊娠中はとても神経質になっていた」

「持病……？」

「あぁ、先代の妻と同じく心臓が悪く……」

フォルティス侯爵は言いかけてハッと気づく、これも嘘《うそ》なのか？

サフィロ夫人がため息をつく。

「ジュリアは人一倍よく働く子でした、胸が悪いという話は聞いたことがありません……ただ、侯爵が我が家にお越しになる前に、奥様が心臓病を患って亡くなられたという話をジュリアにしております……」

夫人の話にフォルティス侯爵は小さく息を吐き、首を横に振った。

「……ジュリアは、子供を身ごもっているのが不思議なほど痩せた身体《からだ》でミレイアを産んだ。予定日より二か月以上も早い出産だった……だが、とても健康で……ジュリアも私も、涙を流して喜んだことを思い出すよ……」

「二か月以上……」

「ああ……そんなミレイアもご覧のとおりだ、裏庭での態度はひどいものだった。私は育て方を間違えた、というより子育てに関与しなかったんだ……それでも、今日までは……全てが、うまくいっていると思っていた……」

突然、フォルティス侯爵が顔をくしゃくしゃに歪《ゆが》ませ、涙をこぼした。

「ミレイアは私の娘ではないのだろう、しかしずっと愛してきたんだ！　産まれた時から身体が弱く、感染病を防ぐために年代の近い子供は近づけないように医者に言われた……この時もジュリアの話を信じ、そのためリリアナに離れを与えてしまった……リリアナは幼い頃から賢い子だった。離れの生活も執事と侍女がいるから寂しくないと……まだ六歳になったばかりの子供だ、そんなわけないだろう！　私は本当に愚かだ……」

侯爵は、サフィロ夫人の足元に縋《すが》りつくように倒れ込んだ。嗚咽《おえつ》が聞こえる。

その大きな背中に、夫人は優しく手を添えた。

「後悔しても仕方ありません、侯爵。ミレイアのことは……わたくしからは何も言えませんが……リリアナ様はとても素敵なお嬢様です。はじめてお会いしたというのに、大変な心遣いを受けました。噂《うわさ》どおり、とても聡明《そうめい》なことは少しお話をしただけでも感じました。きっと、侯爵がリリアナ様のことを思ってやっていたことが、間違いではなかったということだと思います」

「だが私はリリアナを……」

「ええ、確かに小さいお嬢さまをひとりで離れに住まわせたことについては、いくら頭の良い子でも、まだ子供は子供、寂しいこともあったと思います。でも、ジュリアのもとで暮らすよりはよかったのではないかと……。しかし、どれだけ話しても、もう全て過去のこと。神様でもいない限りやり直しなんて出来ません。フォルティス侯爵、わたくしたちはこれからの先を、考えていきませんか?」

サフィロ夫人の優しい言葉に、フォルティス侯爵は全身を震わせ、ただただ謝り続けた。

そして、全てのことを後悔している。しかし、ミレイアを見捨てることは出来ない……と、振り絞るような声で呟《つぶや》いた。

サフィロ夫人は何度も頷《うなず》き、侯爵の背中を優しく撫《な》でた。

少しの時間が進んだあと、フォルティス侯爵はやっと顔を上げることが出来た。

すると、今度はサフィロ夫人が深々と頭を下げた。

「先ほどは偉そうなことを言ってしまい大変失礼いたしました。わたくし、急に夫を罵倒してジュリアを連れ去った侯爵様のこと、実は長年恨んでおりました。ですが、今はあの日のことが全てわかり、大変すっきりした気持ちです……この機会を作ってくださったローデリック公爵に感謝してもしきれない思いです……そして……」

夫人は、なにかを言いかけて口ごもる。

美しい瞳には涙が溜《た》まっていた。

「そして？　どうしたんだい、続けてくれサフィロ夫人」

「はい……もしよろしければ……可能であればで構わないのですが、サフィロを見舞っていただきたいのです……色々な思いがあるのはもちろんわかります。でも、夫は侯爵様のことを本当に……」

「もちろんだ。長年君たちを苦しめてしまい、本当に本当に申し訳なかった。今更だが、出来る限りの事はやらせてほしい。あと、ジュリアについては……必ず私がなんとかする！　信じてもらえるだろうか？」

「はい、フォルティス侯爵……」

サフィロ夫人の青い瞳から涙がこぼれた。

それを見た侯爵は、自分の胸ポケットに手をやるが、ぐしょぐしょに濡《ぬ》れたハンカチしか見つからない。

机の上には、夫人から借りた刺繡《ししゅう》入りの美しいハンカチが、これもぐしゃぐしゃになって置いてある。

顔も髪も乱れていて、とても人に見せられるような状況ではないことに気づいた。

「サフィロ夫人。執事に温かいお茶を頼もうと思っているのだが、まだ時間は大丈夫かな？　あなたの美しい涙を拭うハンカチも用意させよう」

「ありがとうございます侯爵」

二人はこの部屋に入ってはじめて笑顔を見せた。


フォルティス侯爵は執事のブラッツを呼び、温かいお茶と甘い菓子。そして、婦人用のハンカチと、自分の身だしなみを整えるための湯桶《ゆおけ》とタオルを頼んだ。

主の乱れた様子に一瞬だけ驚いた顔をした執事だったが、すぐに申し出どおり万全の用意をして部屋に戻ってきた。

身だしなみを整えたフォルティス侯爵は、サフィロ夫人が座るテーブルについた。

鮮やかな紅色のお茶から、薔薇《ばら》の香りが部屋中に立ち込めている。

「なんていい香りなのかしら、こちらはもしかしてリリアナお嬢様が？」

「ああ、リリアナが作っているジャムを入れたものだそうだ」

「胸がいっぱいになりますわね……」

「本当に……」

フォルティス侯爵は目を閉じ、明日行われるリリアナの結婚式、そして今までのことを思い出していた。

小さかったリリアナの姿、早くして亡くなってしまったリリアナの母親、スネイヴから連れ帰ったジュリア、そしてミレイア……。

私は、家族のために決断しなければいけない……。

何かの決意を固めたように頷《うなず》く侯爵を、優しい目でサフィロ夫人は見つめていた。

そんな夫人は、酒に溺《おぼ》れてしまった夫の事を思い出していた。

あの人が屋敷に戻り、また皆で暮らすことが出来るかしら……。

二人がそれぞれの想《おも》いを追憶する中、突然応接室の扉が開かれた。

「お父様ぁっ!!」

勢いよく部屋に飛び込んできたのはミレイアだった。

突然の登場に、二人は声も出ないほど驚いている。

「あ、ごめんなさい……お客様がいらしたのね」

ミレイアは慌てたように扉を閉め、サフィロ夫人に向かって美しいお辞儀をした。

サフィロ夫人もミレイアに合わせて立ち上がり、優雅に頭を下げる。

夫人は、ミレイアのドレスのリボンが結ばれていないことに気づいた。

二人の様子を見ていたフォルティス侯爵が、小さくため息をついて席を立った。

「ミレイア、部屋に入る時は誰の部屋でもノックをしなさい」

「はぁいお父様」

「まあいい、こちらはサフィロ子爵夫人だ。えー……私の古い友人の奥方だ」

「はじめまして、ミレイアお嬢様」

「はじめましてサフィロ子爵夫人、先ほどお庭にいらし……」

ミレイアはそこまで言いかけて口をつぐんだ。

さっきまで裏庭で泣き叫んでいたことを思い出したのか、気まずそうに目線を逸《そ》らす。

サフィロ夫人はそんなミレイアに優しく微笑《ほほえ》みかけた。

「ミレイアお嬢様、リボンが解《ほど》けかかっていますわ、わたくしが直してもよろしいかしら?」

「サフィロ夫人、それは申し訳ない」

侯爵が焦ったように間に入る。

夫人は微笑みながら首を振り、既に背中を向けて待っているミレイアへと近づいた。

真っ白なドレスから、レースのリボンが垂れ下がっている。

「すまない」

「いえ、お気になさらないで」

夫人はリボンを手に取ると、たっぷりとしたミレイアの金色の髪を見つめた。

透き通った長い髪は、光の入らない部屋でもキラキラと輝いている。

「できましたよ」

「ありがとうございます」

ミレイアはくるりと振り返り、笑顔で頭を下げた。

あらためて見るミレイアの姿に、サフィロ夫人は目を奪われた。

なんて美しい子なの……ジュリアにとても似ている。

瞳の色は、主人と同じ水色に近い青……。

心臓が締め付けられそうになるのを堪《こら》え、夫人はミレイアに声をかけた。

「ミレイアお嬢様、本当に素敵な髪ですわね……」

「ありがとう、この髪はお母様譲りなの！　夫人の髪も金色ですね、あっ……！」

ミレイアは、目の前で少し悲し気な表情をしている夫人が、裏庭で母と何か話していた女性だということを思い出した。

「あのぉ……お母様とは……」

「ミレイア！」

フォルティス侯爵が、大声をあげて二人の話を止めた。

突然の呼びかけに、サフィロ夫人がハッとしたように顔を上げる。

ミレイアも慌てたように父に向き直った。

「何か用事があって、この部屋に来たのではないのか？」

「そうそう！　あのねお父様。ミレイア、王太子妃候補を受けようと思うの！」

父の目を見つめ、なぜか自信たっぷりな態度でミレイアは答えた。

フォルティス侯爵は、目の前にいる娘の言葉に動揺を隠すことが出来なかった。

ミレイアはいったい何を言っているんだ？

数時間前まで裏庭で泣き叫んでいたことを忘れたのか？

芝に座り、草を毟《むし》り、姉とその婚約者に罵声を浴びせていたではないか……。

「ねえお父様ぁ、お手紙来てたんでしょ？　あとね、ミレイアもう少しお勉強したいなあって思ってるの」

娘のその言葉に、侯爵は裏庭で知った重大なことを思い出していた。

ミレイアは、古代文字を読むことが出来なかった……！

子供の頃、一番初めに習う文字が読めないなんて、誰が思うだろう。

家庭教師を何人もつけていたというのに、いったい何を学んでいたのか？

こうなると最低限の歴史や算術も怪しいものだ。

ジュリアは何をやっていたんだ……違う、これぱかりはジュリアだけを責めるのは間違っている、私も悪いのだ……。

目の前では、美しく育った十五歳の娘が父の返事を待っている。

真っ直《まっす》ぐに自分を見つめる青い瞳。

複雑な思いを感じながらも、フォルティス侯爵はやはりミレイアのことを、愛《いと》おしいと思っていた……。

「お父様どうなさったの？　ねえどうすればいい？」

ミレイアは何度も目を瞬《まばた》かせ、笑顔で父親の顔を覗《のぞ》き込む。

ああ、私はこの子をどうすれば……。

何をしてやるべきなのだ……。

「ミレイアは……勉強したいのか？」

「うん！　やっぱりもう少し頑張ったほうがいいのかなあって、あ、でもダンスには自信があるのよ」

ミレイアはドレスの裾を膨らませながら、くるりと回って見せた。

見た目は大人びているが、行動はまるで子供のようだ。

その姿を見て、フォルティス侯爵は額を押さえた。

ミレイアが勉強したいというのは、本心なのだろうか？

これから先のことを考えると、到底王太子妃になるなんて無理だ。

しかしまだ十五歳、勉強は遅くないのでは……。

考え込んでいる侯爵の姿を、サフィロ夫人が不安そうな表情で見つめている。

そんな夫人の姿を見て、侯爵はあることを思いついた。

そうだ、あそこなら……。

「ミレイア。勉強をするのなら、寄宿学校に入ってみないか？」

「寄宿学校？」

「ああ、この家からは離れることになるが『テレーズ寄宿学校』という、大変素晴らしい学校があるんだ」

「てれーず……？」

ミレイアは首を傾《かし》げ、黙り込んでしまった。少し口を尖《とが》らせている。

きっと、寄宿学校が何なのかさえわかっていないだろう。

その後ろで「まあ！」と声をあげたのはサフィロ夫人だった。

「ご存じですの？」

拗《す》ねたように訊《たず》ねるミレイアに、サフィロ夫人は優しく頷《うなず》いた。

同時にフォルティス侯爵が小さく咳払《せきばら》いをした。

それに気づいた夫人は、言葉を選ぶようにゆっくりとミレイアに答える。

「ええ、とても素晴らしいところです。200年前に聖女様が創られた由緒正しい学校ですのよ。場所は、わたくしが住む地方の更に北にあります」

「聖女様……」

ミレイアの反応はいまいちだ。あまりピンとこないのか、首を傾げている。

サフィロ夫人に補足するように、フォルティス侯爵が続けた。

「ミレイア、歴代の王妃はテレーズの卒業生が多いんだ。我が国だけではない、他国も同じだ。あの学校は、完璧な淑女《レディ》になれる学校とも言われている。それに成績さえ良ければ、一年で卒業できるそうだよ」

「そんなに凄《すご》いとこなの?」

「ああ。言い方はおかしいが、卒業生というだけで自慢になるような学校だよ」

「本当!?　じゃあ、お姉さまの首席卒業より凄いの?」

「もちろんだ」

父の返答を聞いたミレイアは、目を見開いたあと、胸に手を当てて満足そうに頷いた。

ミレイアの頭の中は、既に一年後の未来で膨らんでいた。

お姉さまより凄い学校ですって!

あたしがその学校に入って、一年で卒業すればいいんでしょ。

そしたら、王太子と婚約だって出来る!

レイナードやお姉さまを見返すどころか、国民全てに憧れられる存在になるわ!

ミレイアは頬を紅潮させ、大きな瞳を更に見開きながら父の手を取った。

「お父様、わたくし・・・・・・その学校に入学します!」

サフィロ夫人が驚いた顔をして何か言いかけたが、フォルティス侯爵は夫人に目配せをして制止した。

「本当かミレイア？　遠い場所だからすぐには戻れないんだよ？」

「大丈夫！　わたくしなら一年で卒業できます」

「まず、学校の資料を取り寄せてからでも……」

「んもう！　大丈夫ですわお父様！　早く手続きしてくださいませね」

ミレイアは早口で言い終えると、サフィロ夫人に挨拶《あいさつ》をして、弾むように部屋から出て行ってしまった。

「よろしかったんですの？」

不安そうな顔でサフィロ夫人が訊《たず》ねる。

「ああ、ミレイアの性格だ。何も聞いてこないと思ったよ」

「ですが『テレーズ寄宿学校』の厳しさは普通ではありません、それに、一年で卒業できたというのも、先代の聖女様ではありませんか」

「確か100年以上前、それ以降はひとりもいなかったな……」

「ええ、六歳で入学しても卒業までは早くて12年。優秀な者でさえ10年は当たり前と……」

「そうだな。勉強はもちろんだが、ミレイアには母親と離れることも必要だ……」

何かを覚悟したようなフォルティス侯爵の表情を見て、サフィロ夫人はそれ以上何も言えなくなってしまった。

部屋には、ミレイアがつけていた香水の残香と静けさだけが残っていた。

後日譚――ジュリアとハンナ

――リリアナ結婚式翌日

「奥様……」

「うん？」

窓から差し込む光の中で、ジュリアは鏡台から宝石箱を出していた。

一箱ずつ開けては、宝石がついた物を選んで小さなバッグに入れている。

窓際に居るハンナは、簡単な着替えと靴が二足入ったバッグを持ち、外の様子をうかがっていた。

「これだけで大丈夫なの？」

「大丈夫よ、ハンナだって全然荷物ないじゃない」

「わたしはいいのよ」

「私だっていいわ」

ジュリアは微笑《ほほえ》み、宝飾品を詰め込んだバッグをポンポンっと叩《たた》いた。

「とりあえずこれを少しずつ売ればいいでしょ、それに、誰かに見られた時『いつものお買い物』って感じに見えなきゃ怪しまれるわ」

「本当にいいの？　ミレイアは？」

ハンナの問いかけに、ジュリアは少し眉を顰《ひそ》めたあと首を横に振った。

「あの子ももう十五歳、お喋《しゃべ》りも出来るしダンスも上手よ。そして、私に似てあんなに可愛《かわい》い！　ちょっとお馬鹿だけど、困ることなんてないでしょ」

「でも……」

「ああ、今回のこと？　誰かに色々聞かれたとしても『お母様に言われたことをやったの！』って言うだろうから大丈夫よ。だって私と一緒に考えたことだしね」

ジュリアは、ふふっと何かを思い出すように笑って肩をすくめた。

「でもあの坊ちゃん、ローデリック家のレイナードだっけ？　全然無理だったわね、驚いちゃった」

「ああ……」

「相当リリアナのことが好きなのか、よっぽどミレイアが嫌いなのね。私のことまで調べちゃって、本当に……考えてもなかったわ……」

「……」

「リリアナは幸せになるわね」

そう言って笑うジュリアに、ハンナは思い出したくもないという顔をして、クローゼットから上品なデザインの上着を取り出した。

ジュリアはそれを受け取り、自分でボタンを留め始める。

「そうだわハンナ、昨晩ミレイアは何を言いに来たの？」

「お母様に直接話したい！　って、わたしには教えてくれなかったわ……部屋に入れてあげればよかったのに」

ハンナに言われ、ジュリアの手が一瞬だけ止まる。

すぐさま、またボタンを留めながら「頭が痛かったのよ」と呟《つぶや》いた。

着替えを終えたジュリアは、スカートの裾をさばいて鏡の前に移動した。

「ねえハンナ……昨日サフィロ夫人が来てたじゃない？　侯爵とずっとふたりで話してたでしょ……きっと私のことも、ミレイアのことも全部わかっちゃったと思うのよね……」

「……」

「それでもあの人は、生まれた時からずっと見てきた女の子を、自分の娘じゃないと突き放すことは出来ない。そういう人なの……だから、ミレイアの心配はいらないわよね」

まるで、自分に言い聞かせるようにそう言うと、ジュリアは鏡の前で髪をくるりと一つにまとめた。

ハンナはいくつかの飾りピンをジュリアの髪に挿し、乱れた髪を美しく仕上げる。

使わなかったピンを鏡台の引き出しに片付けたハンナは、ゆっくりと窓に近づき、カーテンを閉めた。

その後ろ姿に、ジュリアが静かに問いかける。

「ねえ、ハンナはここにいてもいいのよ？　ナールは住みやすい土地だわ、15年以上もいると本当に自分の故郷のように思えてくるわね……ミレイアが生まれてなかったら、一年もいなかったはずなのにね……」

薄暗くなった部屋の中、ジュリアの表情ははっきりと見えない。

ハンナは首を振る。

「だから何度も言ったじゃない、ここにいたってあなたのことを聞かれるばかりで疲れるわ。それに何年も奥様をやっていたあなたが心配よ、着いていくわよ」

ハンナの言葉に、はいはいと言いながら笑うジュリア。いつもかぶっている大きな帽子を手に取り、名残惜しそうなそぶりさえ見せず、早足で扉の前に立った。

「さ、行きましょ」

いつもどおりの外出の装い、いつもどおりの少ない荷物。

そして、会話もなく裏口へ向かう二人。

誰にも会いませんように……ハンナは祈っていた。

いや、別に誰かが居てもいい。

だって私たちは、いつもの買い物に出かけるだけなのだから。

小さなバッグを持ったジュリアの前を、いつもより少し大きめのバッグを持って、裏口へと進んでいく。

昨日の結婚式には、もちろんジュリアもミレイアも出席していない。

本当は、昨日中に出かけてしまいたかった。

でも、突然決めたことだったので貸馬車が借りられず、悔しくも今日になってしまった。

昨日は不安すぎて、ほぼ一日中ジュリアの部屋の前にいた。

侯爵に頼まれたであろうブラッツが、何度も何度も用事はないかと訪ねてきた。

対応が面倒だったので、それを考えると出発は今日でよかったのかもしれない……。

ハンナがとりとめのないことを考えているうちに、二人は裏口に着いていた。

門の前に立ち、ハンナは一度ジュリアのほうを振り返り、扉を開いた。

外に出ても、二人は会話をせずに道を進んでいく。

屋敷を出ていくつかの角を通り過ぎると、ごく普通の馬車が道端に停《と》まっていた。

「あの馬車かしら？」

「きっとそうだわ」

二人の歩く速度が、自然と速くなる。

それに合わせたかのように、横道から真っ黒な制服を身に着けた男たちが現れた。

「何……？」

「国家警備団の制服ね」

ジュリアが呟《つぶや》いた。

ハンナの顔がみるみる青ざめていく。

よく見ると、貸馬車に見えた馬車の中にも、従者以外の人が乗っているのが見える。

あの馬車も警備団が用意したものかもしれない……。

ジュリアは考えた。屋敷に戻っても、きっとどうにもならない。

でも、ここにいるよりは……。

立ちすくむハンナの肩を叩《たた》き、正面に停まっている馬車と、制服を着た男たちにくるりと背を向けた。

二人は一切振り返ることなく、元来た道をひたすら早足で歩きはじめる。

屋敷までもうすぐと思った時、裏口にいるフォルティス侯爵の姿が目に入った。

「あーもう！　面倒くさいったら！」

ジュリアが立ち止まって声をあげた。

その声にハンナは驚き、フォルティス侯爵の姿を見て固まってしまう。ジュリアは、そんなハンナの手をしっかりと握った。

「ハンナ、あなたは本当に何も関係ないから屋敷に戻って。もし聞かれるとしても、髪を染めるハーブのことくらいよ。そんなの罪でも何ともないわ」

「ジュリア……」

「大丈夫よ」

ジュリアは満面の笑顔を見せた。

ハンナが戸惑っていると、裏口に居たはずのフォルティス侯爵が、気づかないうちに二人の近くまでやって来ていた。

ジュリアは眩《まぶ》しそうな顔をして帽子のつばを深く下げる。

「あらあなた、どうなさったの？」

「ジュリア、どこに行こうとしていたんだ？」

「なんのことかしら？　私たち買い物に行くところなの」

「……一昨日、サフィロ夫人と裏庭で会った時に、見慣れない男と女が裏口の横でつぶれて居たのは覚えているか？」

ジュリアは肩を上げて首を傾《かし》げてみせた。

「リリアナと婚約者様のことじゃないわよね？　それ以外にどなたかいました？」

侯爵は大きくため息をついた。

「ローリン地区から来たという男と女だ、今ふたりは収監されている。その女のほうが、お前に頼まれてリリアナの偽者《にせもの》のふりをしたと言っているのだ……貴族を騙《かた》るのは犯罪だ」

「まあローリン地区……そんな場所から来た者の話を、あなたは信じますの？」

「……もうかまわん」

フォルティス侯爵は顔をしかめ、苦悶《くもん》の表情で目を逸《そ》らした。

いつの間にか、馬車の近くにいた国家警備団がジュリアの背後に立っている。

警備団の一人が、侯爵に敬礼をした。

「フォルティス侯爵、失礼いたします。奥様に質問させていただいてもよろしいでしょうか？」

「ああ……」

侯爵は力無く答えた。

ジュリアはそんな夫を、自信に満ちた美しい顔で目を逸らさずにじっと見つめている。

ハンナは警備団の一人に連れられ、ジュリアから離されていた。

「ジュリア！」

「大丈夫よハンナ。そしてあなた、こちらの方たちが私に聞きたいことがあるみたいなので少し行ってまいりますわね」

ひらひらと侯爵に手を振るジュリア。一人の男が、それを妨げるように前に立った。

整列した国家警備団は、侯爵に向かって敬礼をして頭を下げている。

フォルティス侯爵は、警備団越しにジュリアに声をかけた。

「ジュリア、黙秘という権限があるが、そうなると三週間は拘留されることになる。延長だってされる」

「なにがおっしゃりたいのかわかりませんわ。さあ、どこでも連れて行ってくださいませ」

ジュリアはそう言うと、手に持っていた小さなバッグをハンナに投げた。

そして一度も振り返ることなく、警備団に促されるまま馬車に乗り込んだ。

「ジュリア……」

ハンナが小さな声で呟《つぶや》く。

フォルティス侯爵は何も言わず、重々しいため息をついて屋敷へと戻っていった。

ジュリアを乗せた真っ黒な馬車は、あっという間に角を曲がり、見えなくなった。

馬車がいなくなったあとも、ハンナはその場を離れることが出来なかった。

後日譚――レイナードとリリアナ

✤ 結婚式から一週間後　ローデリック家

「おかえりなさいませレイナード様、リリアナ様」
馬車の到着と同時に、クロードが心待ちにしていたように出迎えた。
玄関ホールにはたくさんの花が飾り付けられ、優しい香りがホール全体を包んでいる。
一週間振りの我が家は、いつもとちがった装いを見せていた。
「まあなんて素敵……」
リリアナが頬を緩ませ、俺の顔を見て嬉《うれ》しそうに微笑《ほほえ》んだ。
ああ、ここに飾られているどんな花よりリリアナが一番美しい……！
結婚式翌日。蝶《ちょう》の楽園と呼ばれる島に、二人で蜜月旅行《ハネムーン》へ出かけた。
毎日が極上の幸せに満たされ、それはもう素晴らしい日々を過ごした。
旅行に行った最初の頃は、夢を見ることが不安でたまらなかった。
それでも、リリアナがいつも傍《そば》にいるという現実が、全てを忘れさせてくれた。
一日一日を過ごす中、リリアナを幸せにすると何度も誓った。

真っ白なドレスで走るリリアナ、珍しい花を見つけて喜ぶリリアナ。

蝶の羽を模した刺繍《ししゅう》を習うリリアナ、夕日の中で駆けるリリアナ……ああ……。

「おい、レイナード！　レイ！　レイぼっちゃん!!」

「なんだよクロード、うるさいなあ」

「お前がボーっとしてるからだろ。ここは家ですよ、しっかりしてください」

注意しながら笑うクロードに、本当に帰ってきたのだと実感する。

そこで、クロードの肌が少し日焼けしていることに気づく。彼も休暇を楽しんでくれたのだろうか。

玄関ホールを進みながら、建設中の温室の工事が順調に進んでいるとの報告を受けた。温室にはサンルームも併設している。

ここに、リリアナがフォルティス家で育てていた植物を、全て移動させてしまおうという考えだ。侯爵には悪いが、余程のことがない限りフォルティス家には戻らなくていいと思っている。

ミレイアには絶対に会わせたくない……俺も二度と会いたくない。

口には出さないが、きっとリリアナも同じ気持ちのはずだ……。

隣を歩くリリアナを見つめていると、旅行の間ずっと二人だけで過ごしたというのに、愛《いと》おしさが抑えられない。

「リリアナ、好きだよ」

「ありがとうレイ」

照れて笑う姿に、抱きしめたくなるのをぐっと我慢して手をつないだ。

リリアナはまだ、自分の部屋を見ていない。

彼女のために用意した部屋は、東向きに大きな窓があり、裏庭と温室が見えるようになっている。本棚も壁一面に備付け、壁紙も彼女が好きなアカンサス柄に張り替えた。

細かい部分は、リリアナのことをよく知っている二人の侍女に任せた。

進む廊下の先に、その二人、ステラとメアリーがキラキラした笑顔で立っていた。こちらに気づいた二人は、笑顔を見せて頭を下げる。

ローデリック家の新しい制服が初々《ういうい》しい、まるで姉妹のようだ。

「メアリー、ステラ！」

「「リリアナお嬢様！」」

駆け寄る二人をリリアナは両手で抱きしめた。

そのまま、ステラに手を引かれながらリリアナは部屋に入り、メアリーがぺこりと頭を下げて扉を閉めた。

部屋の中から楽しそうな声が微《かす》かに聞こえてくる。

「さあレイナード様もお部屋へ、お疲れになったでしょう」

クロードが、いつも以上にすました声で部屋の扉を開ける。

「日焼けしてるな」

「休暇をいただき十分に羽を伸ばしてまいりました」

「あーあ、リリアナは侍女ふたりに大歓迎されてたのになあ」

「レイナード様、お渡しするものがございますので、早く中へ入ってくださいませ」

「あーあ、大歓迎されたいなあ」

「ハァ、結婚したんだから子供みたいなこと言わない。早く」

「はいはい」

悪態をつきながらも笑顔のクロードに背中を押され、部屋に入る。

たった一週間、それなのにとても懐かしい感じがした。

それでも、本棚は美しく整理されており、ガラスもいつも以上に輝いている。

木の家具も光沢が増し、細かい傷が修復されていることに気づいた。

横では、クロードが満足そうに頷《うなず》いている。

旅行用の気取ったシャツから、動きやすい服装に着替える。

ピカピカになった机に座ると、クロードが「こちらを」と言って、一通の手紙を置いた。

フォルティス家の紋章が入った真っ白な封筒。

裏面は金色の封蠟《ふうろう》がされ、頭文字が押されていた。

「フォルティス侯爵本人からだ……」

瞬間、ミレイアのことを思い出し、封筒を持つ手に鳥肌が立った。

一呼吸置き、ペン立てからペーパーナイフを取り出して封を開ける。

一枚目には長文の謝罪。二枚目の最初には、訊《たず》ねたいことがあるので時間を作ってほしい、新しい生活が落ち着いてからで構わない、と書かれていた。

訊ねたいこととは、ほぼジュリアについてだろう……。

あの時、髪色の話を持ち出したのは俺だ。

サフィロ夫人からもジュリアの話を聞いたはずだ。きっと、フォルティス侯爵は頭を悩ませているに違いない。

それでも、勝手に調べたことはこちらも謝罪しなくてはいけないか……。

手紙の続きに目を通すと、ミレイアの名前が書かれていた。

えーっと、ミレイアが『テレーズ寄宿学校』に入学することになった……？

「なっ!?」

思わず声が出た。テレーズ寄宿学校って、あの最北の島にある!?

「どうした？」

靴の整理をしていたクロードが、こちらに近づいてきた。

「なあ、テレーズ寄宿学校ってひとつしかないよな？」

「ああ北の島だろ。200年前にいた聖女テレーズが最初の卒業者だとか創立者だとか？」

「やっぱりそうだよな。そこにミレイアが入学したそうだ……えーっと、俺たちが旅行から帰る前には旅立っている……え、もういないのか？」

クロードが手に持っていた靴ブラシを床に落とした。

彼には珍しく、動揺するほど驚いている。

「え、ミレイア嬢が？　あのテレーズに？」

「ああ、そう書いてある」

俺の言葉に、クロードは目を見開いた。

「あの学校は『言責逃免』が規律に掲げられていて、全て減点方式と聞いたことがある。授業中に音を立てたり、姿勢が悪いなんていうことさえ減点されるとか……。余程のレディでも簡単には卒業できない。しかも、家族でさえ卒業までは面会不可……」

「相当厳しい家の子女か、聖職に就く者しか行かないんだっけ……侯爵の手紙には、これでミレイアが反省してくれればと書いてあるよ」

「反省か……」

クロードが苦笑いをしながら、落としたブラシを拾っている。

なぜ、ミレイアがそんな学校に行くことになったのか、不可解な話だ。

まさか自分から？　うーんそれはないか、気になるけど聞くのも嫌だな……。

フォルティス侯爵から話してくれるのを待つほうがいい。

リリアナにもすぐには話さないでおこう、まだミレイアの名前を聞かせたくない。

「えっ？」

侯爵の手紙の続きに、思わず声が出た。

——現在、妻《ジュリア》が警備団に拘束され取り調べを受けている
なぜかはわからないが、全身に寒気が走った。

「次はどうした？」

「なあクロード、ジュリアが……」

一瞬だけ、沈黙が流れた。

「……ああ、噂《うわさ》は本当だったのか」

「噂？」

「フォルティス家の奥方が拘束されているらしいと、一部の貴族の間で噂になっている」

クロードはそう言いながらため息をつき、書棚に手を伸ばした。

いくつかの新聞や雑誌、そしてファイルされた書類を取り出している。

「レイ、侯爵からの手紙に、ローリン地区のことは書いてあるか？」

急いで手紙の続きを読んでみるが、再度の謝罪と、二人の幸せを願う言葉で締められているだけだった。

「いや、書いていない」

「そうか、ローリン地区は式の数日後に閉鎖されたんだ。今は総動員で全店捜索中らしい。警備団が乗り込んだ時に中にいた貴族たちは、お金を積んで逃げる者が大多数。奴隷、密造酒、買春、未《ま》だ何が表に出るのかさえわかっていない」

そう言って、新聞と報道誌、街角で売っている大衆誌の記事を机の上に置いた。

新聞では濁されているが、大衆紙にはイニシャルで貴族の名前が書かれており、当分この話題は終わりそうにないことだけが伝わってくる。

「じゃあジュリアもそこで？」

「それが違うんだ。詳細はわからないが、フォルティス家に国家警備団が来たらしい」

「屋敷に……」

結婚式のあと、挨拶《あいさつ》を交わしたフォルティス侯爵の顔を思い出す。

侯爵はあの時、娘の結婚を喜び、涙を流しながら何を考えていたのか。そして、どんな想《おも》いでこの手紙を書いたのだろう。

今、侯爵はあの屋敷に一人か……。

会うのは当分先と思っていたが、二人がいないとなれば話は変わってくる……。

突然、冷たい風が部屋を通り抜けた。

クロードが窓を開け、やわらかい日差しと乾いた風が部屋の中に流れ込む。

その風に乗って、明るい笑い声が聞こえてきた。

リリアナの部屋の窓も開かれているのだろう、三人が楽しそうに笑っている。

今日旅行から戻ったばかりだ、もう少し時間が欲しい。

それに、未《いま》だにジュリアに対するリリアナの思いがわからない……。

手紙の内容を話したとして、ミレイアの寄宿学校の件に驚くのは間違いないが、継母《ジュリア》のことを聞いた時、リリアナは何を思うのか……？

ため息を一つ吐いて、机に置かれた大衆紙を閉じる。

クロードがその上に新聞紙を重ね、同じように小さなため息をついた。

その時、扉をノックする軽快な音が部屋に響いた。

二人で顔を見合わせ、机の上にある物を全て引き出しに仕舞いこみ、扉を開いた。

「おかえりなさいませ、レイナード様」

扉の向こうには、笑顔のステラが立っていた。

我が家の制服を着た彼女は、眩《まぶ》しいほどの活気に溢《あふ》れている。

「やあステラ。こちらに戻ってから困ったことはないかい？」

「はい、ありがとうございます。大変良くしていただいております」

更に笑顔になるステラに、クロードがうんうんと頷《うなず》く。

「よかった、ところで何だい？」

「あ、失礼いたしました。リリアナ様から、お茶をご一緒にど……」

「ああ、もちろんだ！」

いけない。ステラが話している途中なのに、つい言葉を遮ってしまった。また、大人げないとクロードに注意されてしまう。

俺の顔を見てクロードは眉を下げ、ステラはふふふと笑っている。

「すまない。こちらもちょうど暇を持て余していたところだ、一緒に行こう」

そう言って席を立つと、クロードもそうですね、と言いながらクローゼットを閉めた。

気づくと、旅行から戻った全ての荷物が片付けられていた。さすがクロード。ローデリック家自慢の執事だ。

「では、お姫様のところへ行こうか？」

「はい！」

ステラを先頭にして廊下に出ると、リリアナとメアリーの笑い声が聞こえてきた。

言いようのない幸福感が、全身を包み込んだ。

あとがき

こんにちは、群青《ぐんじょう》こちかです。

この度は『愛《いと》しい婚約者が悪女だなんて馬鹿げてる！　～全てのフラグは俺が折る～（以下いとこん）』の下巻をお手に取っていただき、ありがとうございます。

最後までお楽しみいただけたでしょうか。

下巻では、本編に加え後日譚が収録されています。

最終話まで書き終えた後、ミレイアたちのその後が絶対に気になるよね！　と思い、書き始めたものです。

ミステリ小説が好きなので、どうしても思わせぶりに書きたくなってしまうのですが、読むとの書くのでは大違い。言葉選びの難しさと、引き出しの無さを痛感しました。

それでも、主人公たち以外の話を考えるのは楽しくて、書き終えた後は本編と同じくらいの満足感がありました。

下巻を読んでくださった方にも、後日譚ですっきりしていただけたら嬉《うれ》しいです。

さて、この作品で一番厄介だったミレイア。

ウエブ版では、胸飾《ブローチ》りの件で一悶着あった後、裏庭にひとり取り残されてしまいます。

常に注目の的であり、自由奔放だったミレイアのことを、もう誰も意識していません。誰もいない裏庭で、芝生の上に座りこんでいる彼女の傍《かたわ》らには、自分が投げ捨てたピンク石の胸飾りだけ……。ウエブ版のミレイアの最後はこのような感じでした。

これは、いとこんを思いついた時から考えていたシーンなのですが、今回その箇所は改稿されています。書籍版で違いを楽しんでいただければと思います。

最後にこの場をお借りして、関係者の方にお礼を申し上げます。

本作のイラストとコミカライズを担当していただいた田中麦茶《たなかむぎちゃ》先生。コミック版も美麗ですが、書籍版ではまた違った絵柄でとても素敵でした。はじめてネームを見せてもらった時、麦茶先生の絵に一目惚れでした。本当にありがとうございました。

そのコミカライズでお世話になった、担当のH様。いろいろなお話を聞いてくださり、ここまで支えていただきました。大変感謝しております、ありがとうございました。

いとこんを見つけてくださったK編集様。書籍刊行まで担当していただいたO編集様。初めての書籍、とてもいい経験になりました。お世話になりました。

そして、なにより！　この本を手に取ってくださった読者の皆様。本当に本当に嬉しいです。ありがとうございました。

それでは、またどこかで皆様にお会いできますように。

群青こちか

GAGAGA

ガガガブックスf

愛しい婚約者が悪女だなんて馬鹿げてる！下
～全てのフラグは俺が折る～

群青こちか

発行　2024年9月23日　初版第1刷発行

発行人　鳥光 裕

編集人　星野博規

編集　大米 稔

発行所　株式会社小学館
〒101-8001 東京都千代田区一ツ橋2-3-1
［編集］03-3230-9343 ［販売］03-5281-3556

カバー印刷　株式会社美松堂

印刷　TOPPANクロレ株式会社

製本　株式会社若林製本工場

Printed in Japan　ISBN978-4-09-461176-2

第19回小学館ライトノベル大賞
応募要項!!!!!!!!!!!!!!!!!!!!!!!!!!!!

ゲスト審査員は田口智久氏!!!!!!!!!!!!

（アニメーション監督、脚本家。映画『夏へのトンネル、さよならの出口』監督）

大賞：200万円＆デビュー確約

ガガガ賞：100万円＆デビュー確約

優秀賞：50万円＆デビュー確約

審査員特別賞：50万円＆デビュー確約

スーパーヒーローコミックス原作賞：30万円＆コミック化確約
（てれびくん編集部主催）

第一次審査通過者全員に、評価シート&寸評をお送りします

内容 ビジュアルが付くことを意識した、エンターテインメント小説であること。ファンタジー、ミステリー、恋愛、ＳＦなどジャンルは不問。商業的に未発表作品であること。
（同人誌や営利目的でない個人のWEB上での作品掲載は可。その場合は同人誌名またはサイト名を明記のこと）

選考 ガガガ文庫編集部＋ゲスト審査員 田口智久
（スーパーヒーローコミックス原作賞はてれびくん編集部による選考）

資格 プロ・アマ・年齢不問

原稿枚数 ワープロ原稿の規定書式【１枚に42字×34行、縦書き】で、70～150枚。

締め切り 2024年9月末日 ※日付変更までにアップロード完了。

発表 2025年３月刊『ガ報』、及びガガガ文庫公式WEBサイト GAGAGA WIREにて

応募方法 ガガガ文庫公式WEBサイト GAGAGA WIREの小学館ライトノベル大賞ページから専用の作品投稿フォームにアクセス、必要情報を入力の上、ご応募ください。
※データ形式は、テキスト（txt）、ワード（doc、docx）のみとなります。
※同一回の応募において、改稿版を含め同じ作品は一度しか投稿できません。よく推敲の上、アップロードください。
※締切り直前はサーバーが混み合う可能性があります。余裕をもった投稿をお願いします。

注意 ○応募作品は返却致しません。○選考に関するお問い合わせには応じられません。○二重投稿作品はいっさい受け付けません。○受賞作品の出版権及び映像化、コミック化、ゲーム化などの二次使用権はすべて小学館に帰属します。別途、規定の印税をお支払いいたします。○応募された方の個人情報は、本大賞以外の目的に利用することはありません。